더 뉴 게이트

12. 마음 기댈 곳

THE NEW
더 뉴 게이트
GATE

12. 마음 기댈 곳

카자나미 시노기 지음
Illustration 반파이 아키라
김진환 옮김

라루나

목차

「THE NEW GATE」 세계의 용어에 관해

● **능력치**

LV: 레벨

HP: 히트 포인트

MP: 매직 포인트

STR: 힘

VIT: 체력

DEX: 기술

AGI: 민첩성

INT: 지력

LUC: 운

● **거리·무게**

1세메르 = 1cm

1메르 = 1m

1케메르 = 1km

1구므 = 1g

1케구므 = 1kg

● **화폐**

쥬르(J): 500년 뒤의 게임 세계에서 널리 통용되는 화폐.

제일(G): 게임 시대의 화폐. 쥬르보다 10억 배 이상의 가치가 있다.

쥬르 동화(銅貨) = 100J

쥬르 은화(銀貨) = 쥬르 동화 100닢 = 10,000J

쥬르 금화(金貨) = 쥬르 은화 100닢 = 1,000,000J

쥬르 백금화(白金貨) = 쥬르 금화 100닢 = 100,000,000J

● **육천의 길드하우스**

1식 괴공방 데미에덴(통칭: 스튜디오)『검은 대장장이』신 담당

2식 강습함 세르슈토스(통칭: 쉽)『하얀 요리사』콧쿠 담당

3식 구동 기지 미랄트레아(통칭: 베이스)『금색 상인』레드 담당

4식 수림전 팔미락(통칭: 슈라인)『푸른 기술사(奇術士)』카인 담당

5식 혼란 정원 로메눈(통칭: 가든)『붉은 연금술사』헤카테 담당

6식 천공성 라슈감(통칭: 캐슬)『은색 소환사』캐시미어 담당

하멜른

하이 픽시. 철저히 자기중심적인 전 플레이어.
몬스터를 이용한 PK의 상습범.

슈바이드 에트락

521세. 하이 드래그닐. 신의 서포트 캐릭터.
용황국 킬몬트의 초대 국왕.

필마 토르메이아

521세. 하이 로드. 신의 서포트 캐릭터. 맏언니
같은 성격으로 파티의 분위기 메이커.

슈니 라이자

521세. 하이 엘프. 신의 서포트 캐릭터.
500년 동안 신을 기다려왔다.

티에라 루센트

157세. 엘프. 「잡화점 달의 사당」의 종업원. 강력한 저주에 걸린 흔적으로 머리카락 대부분이 까맣다.

유즈하

엘레멘트 테일. 신이 구해준 몬스터. 평소엔 아기 여우의 모습이지만 사람으로도 변신 가능하다.

신

본작의 주인공. 21세. 하이 휴먼. 온라인 게임에서 이름을 떨친 최강 플레이어. 데스 게임 클리어 후 500년 뒤의 게임 세계로 차원 이동되었다.

세티 루미엘

515세. 하이 픽시. 신의 서포트 캐릭터. 요정향에서 정령과 함께 지냈다.

주요 등장인물

악마의 실험 | Chapter 1

THE NEW GATE

신 일행은 『육천』의 길드하우스 중 하나인 2식 강습함 세르
슈토스를 찾아 크웨인 해역으로 향했다.

　무사히 세르슈토스를 발견했지만 주변 바다는 마기의 영향
탓에 위험한 상태였다.

　그 원인이 해저 던전 『심해 고성』에 있다는 말을 듣고 급히
찾아간 신은 그곳에서 마기에 잠식된 이슈카와 싸워 승리를
거두었다.

　신 일행은 이슈카와의 전투를 끝내고 『심해 고성』 입구로
돌아왔다.

　예상치 못한 사태를 여러 번 직면한 탓에 피곤했던 그들은
소형 마도 선박을 실체화해 탑승한 다음 우선 쉬기로 했다.

　이 세계에도 아드레날린이 존재하는지, 『심해 고성』을 나오
면서 긴장이 풀리자마자 한꺼번에 피로가 몰려왔다.

　샤워를 하고 각자의 방에서 잠이 들었다. 자연스레 눈이 떠
진 때가 마침 기상 시간이었다.

　"음…… 으음…… 으응?"

　대체 얼마나 잠들어 있었던 걸까?

신은 눈을 뜨자마자 누군가에게 안겨 있는 느낌이 들어 의아했다.

"아아, 유즈하구나."

신은 천장을 올려다보며 유즈하가 이따금 옆에서 잠든다는 사실을 떠올렸다. 한번은 신의 몸 위에 엎어진 채로 용케 자고 있었다.

신은 이번에도 그럴 거라 생각하며 유즈하를 밀어내려 했다.

그리고 깨달았다.

자신의 배에 부드러운 무언가가 밀착되어 있다는 것을 말이다.

"……."

이건 유즈하가 아니다.

침묵이 주위를 지배하는 가운데 신은 그렇게 판단했다.

신은 유즈하의 덩치와 몸무게를 감각적으로 기억하고 있었다. 유즈하의 몸은 아직 앳된 티를 벗지 못했다.

지금까지의 유즈하와 체격이 다르다는 것을 그의 감각이 알려주고 있었다. 잠옷 대신 트레이닝복을 입고 있었기에 더욱 알기 쉬웠다.

구체적으로 말하자면 지금 느껴지는, 부드럽고 자기주장이 강한 두 언덕은 유즈하가 가지지 못한 것이었다.

"으음?"

신은 고개를 돌리며 최대한 머리를 들었다. 시선을 하반신 쪽으로 향하자 자신의 몸 위로 엎드린 인물의 머리가 보였다.

방 안은 어둡지만【암시(暗視)】스킬을 가진 신에게는 머리카락 색까지 선명히 보였다.

부드러워 보이는 은발 위로 뾰족한 여우 귀가 튀어나와 있었다. 내려간 이불 위로는 노출된 어깨도 보였다.

은발과 귀까지는 신이 기억하는 유즈하의 특징과 동일했다.

　　—【유즈하 레벨 871 엘레멘트 테일】

"이거야 원, 얼마나 많은 힘을 받았길래 이렇게 된 거야······."

이슈카와 싸우기 전의 유즈하는 레벨이 700도 안 되었다. 그런데 지금은 900에 가까운 상태였다.

유즈하가 받았다는 이슈카의 힘 일부가 모르긴 몰라도 적은 양은 아닌 것 같았다.

"예전보다도 꽤나 성장했네."

초등학생 내지 중학생이던 외모가 지금은 고등학생 정도는 될 것 같았다. 모습이 제대로 보이진 않았지만 신은 몸 위로 느껴지는 체중을 통해 그렇게 추측했다.

어깨가 노출된 것은 지난번 성장했을 때처럼 옷을 안 입었기 때문일 것이다.

　시간을 확인해 보니 잠에 든 지 2시간 정도가 지나 곧 오후 1시였다.

　육체적인 피로도 느껴지지 않았기에 신은 충분히 잤겠다 싶어 유즈하를 깨우기로 했다.

　"이봐, 유즈하. 일어나."

　"음……."

　"이봐, 일어나 보라니까."

　"5분만 더……."

　이불 위로 손을 대고 몸을 흔들자 어디선가 많이 들어본 대답이 돌아왔다.

　"피곤하면 더 자도 되는데 일단 내 몸 위에서 내려오라고."

　"5분만 더 감상할래……."

　"뭘 감상하는데?! 너 자는 거 아니지?!"

　가만 보니 엄청난 소리를 하고 있었다. 신은 자신의 가슴에 얼굴을 비벼대는 유즈하가 참 이상한 아이라고 생각하며 새삼스레 한숨을 쉬었다.

　"……들켰네."

　"당연하지."

　유즈하도 더 이상은 무리라고 생각했는지 몸을 일으켰다. 그러자 덮고 있던 이불이 내려가며 그녀의 몸이 그대로 드러났다.

2시간 전과 달리 여성스럽게 굴곡이 진 몸이었기에 신은 눈을 가렸다.

"일단 옷부터 입어."

"감상할래?"

"안 한다고."

유즈하는 실오라기 하나 걸치지 않은 모습으로 신의 허벅지 쪽에 앉은 채로 말했다.

성장하기 전처럼 무표정한 얼굴이었지만 예전엔 감정 표현에 익숙하지 않아서였다면 지금은 나른하면서 무덤덤한 무표정이었다.

손을 살짝 내리고 유즈하를 살펴보자 자신의 몸을 감추려 하기는커녕 고개를 살짝 갸웃거릴 뿐이었다. 수치심이라는 개념을 모르는 모양이다.

"성격이 또 이상하게……. 뭘 어떻게 성장했길래 이러는 거야?"

"내 안에는 원래 몇 가지 인격 패턴이 있어……. 다들 알고 있는 인격은 나한테 내포된 인격이 통합된 상태야. 지금의 나도 유즈하라는 존재가 가진 일면이야. 최종적으로는 신이 잘 아는 완전체와 똑같은 성격이 될 거야."

유즈하는 힘 빠진 목소리로 거기까지 말하더니 다시금 신의 몸 위로 쓰러졌다.

신이 급하게 받아내자 탐스러운 두 과실이 눈앞으로 밀려왔다.

신은 어쩔 수 없이 유즈하의 몸을 끌어안고 말았다.

"왜 또 쓰러지는 건데……."

"많이 말했더니 피곤해."

진심인 것 같았다. 목소리만 들어도 피로감이 느껴졌다.

"엄청난 이유군……. 뭐, 그건 그렇고 이제 그만 비켜줘. 그리고 옷이나 입어."

누가 봐도 오해할 만한 상태였기에 신은 강하게 재촉했다.

성격이 바뀐 유즈하가 어떻게 나올지 몰랐지만 끈질기게 군다면 실력 행사도 고려해야 했다.

"……못됐어."

"조용히 해."

유즈하는 신의 의도를 알아차렸는지 특별히 반론하지 않고 신의 몸 위에서 비켜주었다.

그리고 신이 몸을 일으키는 사이 방의 입구에 설치된 조명 스위치를 켰다.

"옷부터 입고 켜."

신은 다시 손으로 얼굴을 가리며 주의를 주었다. 유즈하는 불이 켜진 상태에서도 몸을 가리려 하지 않았다. 보여줘선 안 되는 부분까지 거침이 없었다.

"신이라면 보여줘도 괜찮은걸."

유즈하는 흐흠 하고 콧소리를 내며 당당히 가슴을 폈다. 가슴이 흔들리며 요란한 효과음이 들리는 것만 같았다.

"가슴을 펴지 말라고."

신은 유즈하 쪽을 보지 않도록 주의하며 머리맡에 떨어진 아이템 카드를 주웠다.

"자, 평소에 네가 입던 거야."

"이것도 좋지만 좀 더 섹시한 것도 괜찮은데?"

무녀복을 실체화해서 건네자 유즈하가 그것을 끌어안으며 말했다.

"바보 같은 소리 마."

"아윽."

신은 아래쪽을 보지 않도록 노력하며 가볍게 촙을 때린 후 방에서 나왔다.

유즈하가 말한 것처럼 노출이 심한 무녀복도 존재하지만 신은 그런 옷을 입힐 생각이 없었다.

성능 면에서 보면 더욱 좋은 옷도 많았다. 하지만 유즈하의 능력치라면 이슈카 정도의 상대가 아닌 이상 지금 옷으로도 충분할 것이다.

티에라처럼 능력치 보강을 위해 원치 않는 복장을 강요받는 입장이 아닌 것이다.

게다가 그런 옷을 유즈하에게 입혔다가 슈니와 티에라에게 무슨 눈빛을 받을지가 더욱 무서웠다.

거기까지 생각이 미치자 신은 다시 한번 한숨을 쉬었다.

"다 입었어."

"제대로 입었네."

지금까지의 전개로 봐서 유즈하가 옷을 제대로 입을 것 같지 않아서 무심코 나온 말이었다. 하지만 유즈하에게는 제대로 들렸는지 고개를 살짝 갸웃거리며 물었다.

"……조금 풀어헤쳐 볼까?"

자연스럽게 가슴 쪽으로 손을 가져가는 유즈하를 신이 붙잡으며 말렸다. 그녀의 의도는 이제 쉽게 짐작할 수 있었다.

"그런 뜻으로 한 말이 아니라고…… 그보다도 지금까지 무슨 일이 있었는지는 기억하지? 이제 다른 녀석들도 일어났을 테니까 일단 부엌에 가보자. 힘들면 더 자도 되고."

"몸도 금방 익숙해질 거야."

아직 돌아온 힘에 적응하지 못한 모양이었다. 하지만 피로 자체는 거의 해소된 것 같았다. 신은 방금 전에 피곤한 척한 건 뭐였냐고 다그치고 싶었다.

"어쨌든 다른 사람들 앞에서는 절대 그러지 마."

"괜찮아. 서비스해주는 건 신뿐인걸."

"휴우, 정말 뭐가 뭔지……."

너무나도 변한 모습에 신은 거듭 한숨만 쉴 뿐이다.

마도 선박 내부에 이미 다른 사람들이 돌아다니고 있는 것을 기척을 통해 알 수 있었다. 신은 유즈하에게 거듭 다짐을 받은 후에 복도를 걸어가기 시작했다.

"어머, 신도 일어났…… 누구야?"

신이 부엌에 들어오자 필마가 바로 말을 건넸지만 유즈하를 발견하고는 그대로 굳어버리고 말았다.

"유즈하야. 이슈카에게 받은 힘으로 성장했대."

"……잘 부탁해."

"그래, 잘 부탁해. 유즈하라는 건 기척으로 알았지만 모습이 너무 달라져서 놀랐어."

조금 성장한 정도의 수준이 아니었기에 신도 필마의 심정을 이해할 수 있었다.

"신도 일어났소이까. 음? 유즈하로군. 많이 컸구려."

상차림을 돕던 슈바이드도 그들에게 다가왔다. 그는 바로 유즈하를 알아봤는지, 오랜만에 만난 삼촌처럼 반응했다.

"어떻게 알았어?"

"내 입장에서는 휴먼이든 비스트든 지금의 유즈하만큼 빨리 성장하는 것처럼 느껴지오. 그 덕분인지 조금은 안목이 좋아진 게지. 익숙해지면 다 그렇소."

"내가 잠든 사이에 요상한 재주를 다 익혔네."

슈바이드가 별일 아니라는 듯이 말하자 필마가 어이없다는 듯 어깨를 으쓱거렸다. 그리고 유즈하를 돌아보았다.

"그런데 분위기가 꽤나 달라지지 않았어?"

"나른……해 보여서? 앞으로는 여우 모습으로 있을 거야."

"어머, 그러니?"

"그래야 신에게 달라붙어도 화 안 내니까."

담담하게 말하는 유즈하를 보며 필마가 의미심장하게 웃었다. 또 무언가를 꾸미는 듯한 수상한 미소였다.

"아직 안 일어난 건 티에라뿐인가 보네."

"음, 마기를 정화하는 일이 몸에 얼마나 부담을 주는지 우리는 알 수 없소. 식사는 일단 준비했소만. 그보다도 저쪽을 말리지 않아도 괜찮겠소이까?"

필마와 유즈하의 대화를 못 들은 척하던 신에게 슈바이드가 물었다.

"또 나쁜 장난을 꾸미려는 거면 내가 말린다고 듣겠어?"

"유즈하의 성격이 꽤나 달라진 것 같소만 원래 신을 좋아하지 않소이까."

"그건 부정하지 않아. 하지만 그건 우리가 말하는 사랑이나 연애 감정하고는 조금 다른 것 같거든."

마리노라는 존재 덕분에 신은 유즈하의 감정이 그와 다르다는 것을 알아챌 수 있었다.

어린 모습일 때는 신을 순수하게 잘 따르는 것으로 보였지만 지금은 그것만으로 정의하기 힘든 상태였다. 하지만 마리노와 슈니가 보여준 호감과는 분위기가 달랐다.

"글쎄, 부모에 대한 감정과 친구에 대한 감정이 뒤섞인 느낌이랄까? 뭐, 어디까지나 내 주장일 뿐이지만."

"흐음. 그렇다면 자애로움도 포함되어 있을 것이오. 예전에

본 엘레멘트 테일은 사람이라는 종을 시험하고 단련시키면서도 매우 아꼈소이다."

"아아, 확실히 그랬지."

신은 게임 시절의 엘레멘트 테일을 떠올리며 고개를 끄덕였다.

하지만 성장할 때마다 성격이 바뀌는 지금, 유즈하를 어떻게 대해야 할지 고민이었다.

"뭐, 일단은 지켜보는 수밖에 없겠군."

그런 이야기를 나눌 때 티에라가 카게로우를 데리고 나타났다.

"어, 내가 마지막이야?"

"어! 일어났네. 마침 식사 준비가 다 된 참이야."

딱 알맞은 시간이었기에 일행은 그대로 식사를 시작했다.

"그런데 신. 인어족이 살던 세르슈토스를 어떻게 할 건가요?"

식사를 마치고 물 위로 부상할 때 슈니가 신에게 물었다.

그 마도 전함이 신의 길드하우스는 아니지만 현재 이 세상에 남은 『육천』 멤버는 신이 유일했다. 그렇다면 신이 소유해야 하지 않느냐는 눈빛이었다.

"지금까지처럼…… 유지될 수는 없겠지. 나는 시우옥 식구들에게 맡기고 싶은데."

그들의 주인인 쿳쿠의 길드하우스였으므로 신은 직접 관리

해주길 바라고 있었다.

시우옥에서 세르슈토스로 이동하는 전송 포인트를 설치하는 일은 어렵지 않았다. 인어족을 위한 별도의 결계와 주거지도 준비해줄 수 있었다.

"그들이 이해해줄까요?"

"그건 양해를 구할 수밖에 없어. 오랫동안 그곳에서 살았으니까 납득하지 못할 수도 있지만 단순한 거주지로 놔두기에는 너무 위험한 곳이야. 별문제가 없는지 우리가 먼저 확인한 다음에 래스터를 부를 생각이야."

이미 500년 넘게 아무 정비 없이 사용되고 있었다. 주민들이 생활하는 곳은 위험하지 않은 구획뿐이었지만 어쩌다 탄약고나 창고가 열리기라도 하면 무슨 일이 벌어질지 알 수 없었다.

게다가 세르슈토스는 레드의 3식 구동 기지 미랄트레아나 캐시미어의 6식 천공성 라슈감과 어깨를 나란히 할 만한 전투력을 가진 길드하우스였다.

만에 하나 오작동을 일으킬 경우 어느 정도의 피해가 나올지 예상조차 힘들었다.

그래서 신은 현상 유지를 택할 생각이 없었다.

"그 정도로 위험해?"

"판타지 세계의 병기는 현실보다 더욱 엄청날 때가 있다고…… 그건 그렇고 조종하기 힘드니까 무릎 위에 앉지 마."

신은 새끼 여우 모습으로 자신의 무릎 위를 차지한 유즈하를 어깨 위로 옮기면서 복잡한 눈빛으로 말했다.

현실의 전함은 개틀링건 같은 연사 속도로 폭발하는 포탄을 발사하지도 않고 배리어도 없다. 단독으로 어뢰를 요격하지도 못한다.

마법이라는 기적 현상이 확고한 기술로 탑재되면서 초병기(超兵器)라 부를 수밖에 없는 엄청난 무기로 발전한 것이다.

"지금 우리가 탄 배도 장비만 갖추면 꽤나 위험한걸. — 자, 유즈하는 이쪽으로 와. 이제 슬슬 슈니의 불호령이 떨어질 때가 됐으니까."

"쿠우? ……아쉬워."

"필마. 날 어떻게 생각하길래 그러죠?"

필마와 유즈하는 불만스럽게 노려보는 슈니를 피하듯이 신에게서 멀어졌다. 두 사람이 어느새 묘하게 친해져 있었다.

"어지간히……."

슈니가 중얼거리자 신이 되물었다.

"특이하다고?"

"아니요. 호감을 겉으로 드러낼 수 있게 된 것 같아서요."

"……필마나 슈바이드와는 다른 감상이네."

슈니는 유즈하의 마음을 이해하고 있는 듯했다.

"비슷한 처지거든요. 저도 신과 상관없는 일은 잘 모르지만요."

"그, 그래."

웃으며 단언하는 슈니를 보며 신은 떨떠름하게 대답했다. 아직도 여러모로 망설임이 많은 신으로서는 조금 부럽기도 했다.

그런 대화를 나누는 사이 어느새 배 밖이 밝아지고 있었다. 해수면이 가까워진 모양이었다.

더욱 위로 올라가자 선박 주위를 인어와 어인들이 둘러싸기 시작했다. 그중에는 모험가 길드에서 근무하는 인어 아르노의 모습도 있었다.

신 일행이 웃으며 손을 흔들자 그녀는 안심한 듯이 미소 지었다.

"무사하셔서 다행이에요!"

"고맙습니다. 자세한 이야기를 해드리고 싶으니까 지난번 회의했던 방에 리에르노 씨를 불러주시겠어요?"

"알겠습니다. 바로 준비하죠."

신 일행은 수많은 어인과 인어들에게 둘러싸인 채 배에서 내려 세르슈토스로 향했다.

시우옥 식구들도 계속 기다렸는지 바로 그들에게 달려왔다.

방에 도착하자 곧 리에르노를 비롯해 어인족, 인어족의 의사결정권자들이 모여들었다.

"그러면 우리가 『해저 신전』— 사실은 『심해 고성』이었지만, 어쨌든 그곳에 들어간 결과를 전해드리겠습니다."

"……네."

누군가가 마른침을 꿀꺽 삼키는 소리가 들렸다. 기대에 가득 찬 사람도 있었고 의심스러운 눈초리를 보내거나 안색이 파리해진 사람도 있었다.

"이슈카는 마기에 잠식당한 상태였습니다. 하지만 이미 정화가 끝났고 완전하진 않지만 부활했습니다. 삼해마도 이제 얌전해질 거라는 약속을 받아왔습니다. 아마 덕분에 몬스터의 흉폭화도 진정될 겁니다."

"그, 그게 참말입니까?"

"네. 이슈카에게 직접 들은 말이니 틀림없을 겁니다."

"아니, 직접 들었다고요?!"

신수와 대화를 나누었다는 말에 그곳에 있던 이들 대부분이 경악을 금치 못했다. 역시 이 세계의 사람들에게는 신수가 특별한 존재인 모양이다.

"이 은혜를 절대 잊지 않겠습니다. 저희의 힘이 필요하시면 얼마든지 말씀해주십시오."

"아…… 그게 말인데요. 마침 지금 여러분이 해주실 일이 있습니다."

신은 고개를 든 리에르노에게 세르슈토스의 양도, 결계의 재설치, 별도 거주지 설치 등에 대해 설명했다.

처음에는 혼란스러워하던 리에르노도 이야기가 진행될수

록 그 정도로 사후 지원을 해준다는 것에 놀라는 것 같았다.

"일방적으로 나가달라고 하는 거나 마찬가지니까 거주지 정도는 저희가 마련해드려야죠."

"아니요! 애초에 저희는 빌려 사는 입장이었습니다. 바다가 안전해진다면 세르슈토스 없이도 살아갈 수 있지요. 결계를 쳐주시는 것만으로도 충분합니다."

세르슈토스가 이곳에 있던 것은 마기를 억제하기 위해서였을 뿐이다. 그럴 필요가 없어진 지금 세르슈토스를 어디로 옮기든 신 일행의 자유였다.

원래부터 인어와 어인들은 제대로 된 집을 짓지 않고 바위에 있는 동굴 같은 곳에서 살아간다. 수중에 적응해 생활하기 때문이다.

다만 현재의 그들은 태어날 때부터 세르슈토스에서 살아왔다. 그곳에서의 추억도 많이 갖고 있을 것이다.

그런 장소에서 떠나라는 요구를 하는 만큼 조금은 도와줘야 한다는 것이 신의 생각이었다.

리에르노는 신의 제안에 황송해했지만 잠시 숙고하더니 고개를 끄덕였다.

"……알겠습니다. 그렇게까지 말씀하시는데 받아들이지 않는 것도 예의가 아니겠지요. 말씀하신 대로 이곳에서 태어나자란 저희에게 세르슈토스는 절대적인 안전이 보장되는 장소이자 마음의 안식처이기도 했습니다."

이 세계에서는 언제나 몬스터의 위험이 도사리고 있다. 육지에 세워진 도시나 마을도 언제 몬스터의 공격으로 괴멸될지 모르는 것이다.

수중 역시 마찬가지였다. 그렇기에 고레벨 몬스터조차 돌파할 수 없는 결계가 유지되는 세르슈토스는 모든 주민들에게 숭배의 대상이었다.

"바르바토스로 완전히 이주할 때까지가 걱정이었습니다만 신 님 덕분에 안심할 수 있을 것 같군요."

"이주……하실 건가요?"

"네. 저희 인구는 이미 많이 줄었습니다. 시간을 들여 천천히 옮겨 살다 보면 불필요한 분쟁도 일어나지 않겠지요."

아직 완전히 결정되진 않은 것 같지만 다른 이들도 특별히 반대하는 눈치는 아니었다.

그리고 신이 결계를 칠 장소에 위령비를 세우자는 의견도 나왔다.

자세한 사항은 제스터의 장례식이 끝난 뒤에 논의하겠다고 리에르노는 말했다.

†

"그래서 일단은 사람들 눈에 띄지 않는 곳으로 옮겨서 래스터에게 정비를 받으려고 생각 중이야."

신은 장소를 바꾸어 시우옥 식구들과 세르슈토스를 어떻게 할지 상의하고 있었다. 그들은 방금 전 리에르노와 이야기할 때에는 특별히 이의를 제기하지 않았다.

"신 공, 무리한 요구라는 건 알지만 들어주셨으면 합니다. 세르슈토스에 관한 건 저희에게 맡겨주십시오."

조지는 세르슈토스의 관리에 대해 먼저 그렇게 제안했다.

관리 권한이라면 시우옥 멤버들보다 신이 앞섰다. 신이 허가하지 않는 이상 조지는 세르슈토스를 움직일 수도 없다.

조지 뒤에서는 케리토리와 벨, 셸 같은 서포트 캐릭터들이 간절한 눈빛을 보내오고 있었다.

"안심해. 나도 처음부터 너희에게 맡길 생각이었어. 여기는 쿳쿠의 길드하우스니까 말이지. 너희들이라면 이상한 짓은 안 할 거잖아."

"감사합니다."

조지는 여전히 진지한 표정으로 고개를 숙였다. 뒤에 있던 세 명도 똑같이 머리를 조아렸다.

신이 허가함으로써 이제 그들도 세르슈토스를 조작할 수 있게 된 것이다.

네 사람은 바로 시우옥과 세르슈토스 사이를 왕래할 수 있게 만들기 위해 조작실로 향했다.

"자, 그러면 난 세르슈토스를 점검하고 올게. 너희는 어떻게 할래?"

"난 수리나 정비와 관련된 기술을 습득하지 못했소이다. 제스터의 장례식 준비나 도와야겠소."

"나도 슈바이드랑 같이 가야겠네. 생산 스킬 쪽은 젬병이거든."

신의 질문에 슈바이드와 필마가 나란히 대답했다.

지라트도 그랬지만 신의 전방 담당 서포트 캐릭터들은 전투에만 특화되어 생산에 필요한 기술을 거의 습득하지 않았다.

직업과 관련된 해체 작업이나 간단한 요리는 가능했지만 세르슈토스처럼 거대한 설비를 건드릴 능력은 없었다.

"나도 장례식 준비를 도우러 갈게."

티에라도 슈바이드를 따라가려는 것 같았다. 무녀로서의 능력이 돌아왔으니 도울 일이 있을 거라는 이유였다.

"저는 신을 도울게요."

슈니는 연금술을 할 줄 알았기에 신의 조수 역할을 해주려는 것 같았다.

"쿠우, 견학하고 싶어."

유즈하는 새끼 여우 모습으로 신의 어깨 위에 올라탔다.

"그러면 결정됐군."

신은 슈니와 유즈하를 데리고 즉시 세르슈토스의 기관부로 향했다. 세르슈토스를 움직이려면 반드시 이곳부터 점검해야 했다.

기관부는 대장 기술, 연금술, 마법의 집합체였다. 신과 헤카테가 협력해서 만들어낸 곳이기에 구조와 정비 방법을 충분히 숙지하고 있었다.

"언제 봐도 대단하네요."

"쿠우, 엄청난 마력이네."

신 일행은 몇 개의 문을 지나 기관부의 가장 안쪽, 세르슈토스의 동력원이 있는 방에 도착했다.

동력실의 중심에는 3메르 정도의 투명하고 둥근 용기가 위아래 네 개의 지지대로 고정되어 있었다.

용기 안에는 흰색에 가까운 크림색 빛이 넘쳤고 이따금씩 내부에서 오로라 같은 빛이 발생하고 있었다.

"색에는 변화 없음. 어딘가가 손상된 것 같지도 않군."

신은 게임 시절의 지식을 총동원해서 각 부분을 점검하기 시작했다.

길드하우스의 기관부는 기본적으로 정비가 필요 없게 만들어졌지만 500년이나 방치해두었으니 아무래도 걱정이 되었다.

신은 슈니에게도 신경 쓰이는 부분이 있으면 알려달라고 한 뒤 동력실 안을 둘러보기 시작했다.

"신비한 빛……이네."

"커다란 『계(界)의 물방울』을 사용했거든. 우리의 목표는 반(半)영구기관이었어. 뭐, 실제로 시험해본 건 아니지만 말이지."

동력원에서 발생하는 빛은 똑바로 바라봐도 눈에 부담이 가지 않을 만큼 부드러웠다.

이따금씩 나타나는 일곱 색깔의 빛을 포함해도 겉보기엔 거대한 세르슈토스의 동력원이라는 것이 믿기지 않을 정도였다.

유즈하는 그것이 마음에 들었는지 어린아이처럼 몰입해서 바라보고 있었다.

"문제는 없는 것 같아. 다음으로 넘어가자. 자, 유즈하도 가자고."

어디에도 이상이 없다는 것을 확인한 신은 각 부분의 점검을 재빨리 해나갔다.

교환이나 정비가 필요한 곳도 있었기에 간단한 것은 슈니에게 맡기고 일정한 지식과 기술이 필요한 부분을 신이 처리했다.

작업을 마치고 밖으로 나오자 광장처럼 넓게 트인 곳에 2메르 길이의 나무를 육각형 모양으로 쌓아 올린 구조물이 있었다.

그것을 본 신은 캠프파이어를 떠올렸지만 바닥 좌우에 작살이 꽂혀 있고 구조물을 둘러싸듯이 장식도 배치되었기에 주술적인 의미임을 알 수 있었다.

우연히 근처를 지나가던 어인 마시르에게 물어보자 나무와 함께 유해를 태워 혼은 하늘로, 육체는 바다로 돌려보내는 것이라고 한다.

조지가 전에 이야기한 바르바토스의 풍습과 유사했다.

"장례식은 내일 거행될 예정이다. 함께 태우고 싶은 중요한 물건이라도 있으면 미리 말하라고."

불에 타는 물건이어야겠지만 생전에 좋아했거나 애용하던 물건을 함께 태운다고 한다.

그런 일은 자신보다 조지나 케리토리가 더 잘 알 거라고 말하자 그들에게도 이미 전달했다는 대답이 돌아왔다.

다음 날 맑게 갠 하늘 아래서 엄숙한 분위기의 장례식이 시작되었다.

민속의상을 입은 리에르노와 아르노가 활활 타오르는 불꽃 앞에서 신 일행이 알아들을 수 없는 말을 외우고 있었다.

의미는 몰랐지만 분위기를 보면 죽은 자의 명복을 비는 것 같았다.

구조물은 시간을 계산해서 만들어졌는지, 리에르노와 아르노가 말을 마친 것과 거의 동시에 쌓인 채 타오르던 나무들이 무너져 내렸다.

그러자 두 사람 옆에서 기다리던 티에라가 그곳에 물을 끼얹었다.

불이 꺼지며 하얀 연기가 자욱하게 피어올랐다.

그 모습을 모두가 조용히 올려다보고 있었다.

잠시 뒤에 연기가 가라앉자 리에르노와 아르노가 마법을 사용했다. 마법으로 생겨난 물이 불에 탄 잔해를 휩쓸며 바다로 밀려나갔다.

하얀 재는 바닷물에 녹았고 타고 남은 나무들은 바닷속으로 가라앉았다.

마지막으로 리에르노가 무언가 말하면서 장례식은 마무리되었다.

✝

"그러면 세르슈토스를 이동하고 그 자리에 주거지를 설치하겠습니다."

제스터의 장례가 끝난 뒤 신 일행은 즉시 세르슈토스를 옮기기로 했다.

신이 새로운 결계와 주거지를 제공한다고 약속했기에, 세르슈토스를 반환하는 것에 대해 특별히 반대하는 의견은 없었다고 한다.

"심하게 반대할 줄 알았는데."

"하이 휴먼 상대로 반대 의견을 말할 수 있는 사람은 여기에 없거든요. 마시르가 제대로 싸우지도 못했다는 걸 다들 알고 있으니까요."

"아…… 폭력적으로 나가지 말 걸 그랬나요?"

"아뇨, 신 님의 힘을 보여주기엔 딱 좋은 기회였다고 생각해요. 마시르는 이곳에서 무적이나 다름없었으니까, 그런 그가 압도당한 이상 모두들 납득할 수밖에 없겠죠. 아무리 세르슈토스가 우리에게 마음의 안식처였다고 해도, 하이 휴먼을 적으로 돌리는 것이 얼마나 무모한 일인지를 깨달았을 테니까요."

"어라? 이야기를 듣다 보니 꼭 제가 협박이라도 한 것 같네요……."

신에게 그럴 의도는 없었지만 아르노의 말을 들어보니 자신이 억지로 강요한 것처럼 느껴지기도 했다.

다만 마시르와 처음 마주쳤을 때 상당히 위협적인 기적을 발산했기에 강하게 부정하기는 힘들었다.

"명확한 이유도 없이 반대하는 사람들에게는 그렇게 대응해야 효과적이에요. 세르슈토스는 저희가 일시적으로 빌려 쓰던 곳인걸요. 결과만 놓고 보면 저희가 일방적으로 이득을 본 셈이죠. 그 사실을 까맣게 잊은 사람들에게는 따끔한 맛을 보여주는 게 좋다고 생각해요. 원래 주인이 돌려달라면 돌려주는 게 도리잖아요. 게다가 저희가 직면했던 위기를 해결해 주셨는데 은혜를 원수로 갚을 순 없죠!"

마시르가 고집을 부릴 때처럼 세르슈토스 없이는 생존이 위험한 상황이라면 모를까, 문제가 해결되고 있는 지금은 반대할 이유가 없다는 것이 아르노의 주장이었다. 신이 새로운 결계와 주거지를 제공하겠다고 말했는데 뭐가 불만이냐며 입을 삐죽거렸다.

게다가 냉정히 보면 인어들이 세르슈토스를 위해 무언가를 할 수 있었던 것도 아니었다. 제스터가 그들에게 맡긴 것도 관리보다는 감시의 의미가 강했다.

결계 자체는 세르슈토스의 마력으로 유지되고 있었다. 그래서 결계가 깨진 경우에만 세르슈토스로 도망칠 수 있게 되어 있었다고 한다.

지금도 결계가 문제없이 유지되는 것을 보면 제스터가 인어들에게 맡기지 않았더라도 신 일행이 올 때까지 마기를 억제하는 역할을 계속 수행했을 것이다.

"뭐, 머리로는 이해하면서도 울컥하는 마음이 생길 수도 있잖아요."

논리적으로 납득한다 해서 감정도 쉽게 따라오는 것은 아니다. 신도 비슷한 경험이 있었기에 어쩔 수 없는 일이라고 받아들였다.

함교에 도착하자 신은 결계와 자정 기능 유지 등에 한정되던 에너지 절약 모드에서 항행을 위한 고출력 모드로 기관부를 전환했다.

500년 만의 출항에 세르슈토스의 선체가 희미하게 떨렸다.

신은 주변에 인어들이 없는 것을 확인하고 세르슈토스를 움직였다.

암초 위에 올라서 있던 세르슈토스의 선체가 신의 출항 선언과 함께 공중으로 부상하더니 천천히 해수면으로 이동해서 착수(着水)했다.

바다 스테이지에서는 암초 위로 올라왔다가 그대로 발이 묶이는 경우가 흔했기에 게임 시절에는 배의 크기에 상관없이 단시간의 부유 기능이 탑재되어 있었다.

세르슈토스는 1시간 가까이 육지 위를 항행할 수도 있었다.

그것을 본 일부 플레이어들이 비공정 제작에 뛰어들기도 했다.

"그러면 바로 거주지를 만들어보죠."

신은 세르슈토스가 사라진 자리에 건축가 스킬을 사용해서 작은 조립식 건물을 만들어나갔다.

좀 더 살기 편한 건물을 제작할 수도 있었지만 리에르노에게 확인한 결과 이 정도면 충분하다는 답변을 받았다.

게다가 지금부터 조금씩이나마 바르바토스로 이주할 예정이기도 했다.

30분도 걸리지 않아 새로운 집이 완성되는 것을 보고 인어, 어인 상관없이 모두들 놀랐지만 불만스러운 목소리는 없었다. 원래 바닷속에서 생활하면서 이곳저곳 자주 옮겨 다니는 종족이기 때문이리라.

이사 작업은 신이 놀랄 만큼 빠르게 끝났고 이번에는 세르슈토스를 숨길 만한 곳을 찾기로 했다.

"아직까진 항해에 문제가 없는 것 같아. 포탑에만 이상이 있어서 다행이야."

신은 함교에서 크웨인 해역 주변 지도를 바라보며 불쑥 중얼거렸다.

신 일행이 타고 있었기에 배에 공격 능력이 없다 해도 문제 될 것은 없었다. 기관부에 문제가 발생하는 것이 훨씬 귀찮아진다.

제스터가 세르슈토스로 마기를 봉인하려 했던 것은 공격 능력 저하로 인해 마기의 영향을 받은 몬스터를 격퇴하기 힘들어졌기 때문일 거라고 신은 생각했다.

세르슈토스 자체가 강력한 병기였지만 예외적인 경우를 제외하면 기본적으로 길드 간의 싸움에만 무장을 사용할 수 있었다.

게임 시절에는 길드하우스를 이용해서 이슈카 같은 던전 보스와 싸울 수 없었던 것이다.

하지만 지금은 달랐다.

예전에 신이 스컬페이스 로드와 싸웠던 망령평원처럼 지하에 있어야 할 던전이 지상에 출현하는 경우도 생겨났다. 그렇다면 던전 보스가 지상에 등장할 가능성도 전무하진 않은 것이다.

전투 방식에 따라 이슈카마저 봉쇄할 수 있는 세르슈토스도 주포와 부포 같은 주요 무장에 이상이 발생한 지금이라면 최악의 경우 침몰할 수도 있었다.

제스터는 그런 요소들을 고려해서 마기를 봉인하기로 결정한 것이리라.

"이 근처에서 세르슈토스를 숨길 만한 장소라면…… 여기로군."

신은 데이터베이스에 저장된 지도를 보고 결정을 내렸다.

거대한 바윗덩이가 바다에서 툭 튀어나온 장소가 있는 것 같았다. 데이터가 정확하다면 세르슈토스만 한 크기도 숨길 수 있었다.

직접 그곳에 가보자 충분한 크기의 바위가 존재감을 드러내고 있었다. 신은 건축 스킬과 흙 마법을 병용해 바위를 깎거나 보강한 뒤 세르슈토스를 안에 넣어 숨겼다.

그리고 결정석에 결계와 환영 스킬을 부여해 주위에 결계를 치는 동시에 주위 풍경과 동화시키는 환영을 만들어 바위가 발견되지 않게 했다.

만에 하나 누군가가 접근하더라도 알아채지 못하고 우회하도록 사람, 몬스터 퇴치용 스킬을 부여한 결정석도 준비했다.

세르슈토스에서 마력을 공급받게 해두면 효과는 반영구적이었다.

"가끔씩 드는 생각입니다만, 신 공께서는 대장 기술 외에도 다양한 생산 계열 스킬을 익히고 계신데 그쪽은 더 파고드실 생각이 없으셨던 겁니까?"

세르슈토스의 은신처 준비가 끝나 한숨 돌린 신에게 조지가 물었다.

조지의 말처럼 마음만 먹었다면 건축이나 농업 같은 스킬을 대장 기술만큼 숙련할 수 있었을 것이다.

"대장 기술의 정점을 찍었을 때 이미 연금술 같은 기술과 중첩되는 부분이 많았거든. 명확한 규칙을 만든 건 아니지만 우리는 기본적으로 다른 멤버들이 파고드는 분야는 건드리지 않았어. 물론 자기 전문 분야를 숙달하는 과정에서 다른 스킬이 필요할 때야 예외였지만."

생산 스킬 만능. 그것은 일종의 로망이었지만 『육천』 멤버들은 서로의 분야가 겹치는 것을 싫어했다.

『육천』 멤버들의 관심 분야가 각각 달랐던 것은 순수한 우연이었고, 전문 분야에 대한 사고방식이 동일했던 것 역시 우연이었다.

실제로 『육천』 멤버들끼리 잡담을 나누다 그런 주제가 언급된 적도 있었다.

"스킬을 어느 정도까지 익힐지는 각자의 판단에 달려 있었어. 내 경우는 대장 기술과 병행해서 헤카테의 전문인 연금술에도 상당히 손을 댔지만 쿳쿠의 농업이나 레드의 인형 제작같은 분야는 초보자나 다름없거든."

단순히 스킬 레벨로 따진다면 농업은 Ⅱ에서 멈춘 상태였다.

"그런데 그런 걸 왜 묻는 거야?"

"『육천』 분들이 모두 힘을 합치면 생산 기술을 총망라하는 것도 꿈이 아닐 거라는 생각을 했을 뿐입니다. 저희 주인님께는 물어볼 수 없었으니까요."

"……그렇구나."

원래는 그런 사소한 것도 쿳쿠에게 물어보고 싶었을 거라고 신은 생각했다.

게임 시절에는 자신의 의사를 주인에게 표현하는 것이 불가능했던 만큼 서포트 캐릭터들에게는 꿈 같은 일이었을 것이다.

슈니와 지라트 같은 자신의 서포트 캐릭터와 만나본 신은 그런 생각이 들었다.

세르슈토스를 숨기고 전송 포인트 설치가 끝나자 신 일행은 마도 선박을 타고 바르바토스로 돌아왔다.

지그마에게 언제 돌아올지 모른다고 말해둔 상태였기에 항구 근처까지 【은폐】 스킬로 배를 숨겨 접근한 뒤 헤엄쳐서 바르바토스로 상륙했다. 배는 신의 아이템 박스로 들어갔다.

육지로 올라갈 때도 모습을 숨겼기에 누군가에게 발각될 염려는 없었다.

그들이 처음 향한 곳은 시우옥이었다.

"어디에 설치할까?"

"직원 전용실이 안쪽에 몇 군데 있습니다. 그중 하나를 전송 전용실로 쓰면 되겠죠."

케리토리의 안내를 받아 시우옥 안쪽의 주거 공간으로 들어갔다.

방 한 곳에 전송 포인트를 설치하고 세르슈토스에 설치해 둔 전송 포인트와 연결했다.

이것으로 시우옥에서 직접 세르슈토스로 이동할 수 있게 되었다.

"이제 방에 마력을 사용한 잠금 장치를 걸어두면 되겠네."

달의 사당 창고에 사용한 것과 같은 특수한 자물쇠를 잠근 뒤, 열 수 있는 사람을 신과 『육천』의 서포트 캐릭터로 한정했다. 이것으로 다른 누구의 침입도 불가능했다.

"이렇게까지 해주시니, 정말 감사합니다."

"그렇게 수고스러운 일도 아닌데 뭐. 그리고 이걸로 어깨의 짐을 하나 내려놓은 기분이야."

행방불명이던 길드하우스를 찾아내 확보한 것은 운이 좋았다고 할 수 있었다.

게다가 여기저기 떠도는 신 일행이 직접 관리하기는 힘들었기에 조지와 케리토리의 제안은 구원의 손길이나 다름없었다.

당장은 어딘가에 가고 싶다는 생각이 들지 않았기에 시우옥에서 저녁을 얻어먹은 뒤에 출발 전까지 이용했던 여관에서 하룻밤 묵기로 했다.

다음 날 신 일행은 각자 자유 시간을 가졌다.

신은 크웨인 해역에서 돌아온 사실을 길드에 보고하러 가야 했지만 다른 멤버들은 급한 용무가 없었다.

아르노는 이미 길드로 돌아왔을 테니 미리 입을 맞춰 이렇다 할 발견은 없었다고 보고할 예정이었다.

"그러면 급한 일이 생기면 심화로 연락해줘."

"알겠습니다."

신은 여관을 나와 혼자 길드를 향해 걸어갔다. 동행이라면 신의 어깨에 멍하니 앉은 유즈하뿐이었다.

슈니만큼은 자신을 따라올 것 같았지만 예상과 달리 앞으로의 여행을 위한 식료품을 고르러 간다고 나섰다.

나머지 슈바이드, 필마, 티에라는 세르슈토스에서 훈련을 하겠다고 한다.

슈바이드와 필마가 교관이 되어 티에라의 전투 훈련을 해주려는 모양이었다. 아마 티에라가 완전히 너덜너덜해지기 전엔 돌아오지 않을 것이다.

"그러고 보니 단독 행동도 오랜만이군."

떠올려보면 지금까지는 누군가와 함께 행동할 때가 대부분이었다.

지금도 유즈하가 있지만 게임 시절에 플레이어와 파트너 몬스터는 한 세트로 인식되었다. 그래서 신은 지금 단독으로 행동한다고 느끼고 있었다.

"흠, 아르노 씨가……."

길드하우스에 도착한 신은 접수 데스크에서 아르노의 모습을 찾았다.

"……없군."

전송 마법이 있었기에 먼저 와 있을 거라 생각했지만 예상과 달리 그녀의 모습은 보이지 않았다.

나중에 다시 오기도 귀찮았기에 이용자가 없는 접수 데스크로 다가갔다. 신의 기억이 틀리지 않다면 아르노와 처음 만났을 때 옆에 있던 여성이 그곳에 있었다. 중간 길이의 갈색 머리카락 위로 동물 귀가 솟아난 것을 보면 비스트가 틀림없었다.

"실례합니다. 크웨인 해역에 다녀온 일을 보고하러 왔는데요."

"크웨인 해역이라고요? 아아, 아르노가 담당하던 분이시군요. 아르노는 오늘 휴가를 내서 제가 대신 처리해드리겠습니다."

신은 안쪽의 방으로 안내받아 들어간 뒤에 미리 정해둔 내용을 이야기했다.

"네, 크웨인 해역의 외곽에 다녀오신 거군요. 그러시다면 무사히 돌아오신 것도 납득이 가네요. 그 외에 뭔가 발견한 건 없으신가요?"

접수 여직원은 연신 고개를 끄덕거렸다. 미제트라는 이름의 그녀는 아르노의 동기로 서로 친하다고 한다.

"아니요, 특별한 건 못 봤습니다. 비바람이나 파도가 예상보다 심해서 안으로 진입하는 건 도저히 불가능하겠던데요. 목숨보다 중요한 건 없다는 생각에 무리하지 않고 돌아왔습니다."

"잘 생각하셨어요. 그런데 이건 조금 상관없는 이야기지만, 혹시 아르노와 무슨 일이 있으셨나요?"

신이 왜 그러느냐고 묻자 배를 확인하고 돌아온 뒤로 아르노가 이상하게 안절부절못했다고 한다.

접수 여직원이 위험해 보이는 모험가에게 매력을 느끼는 경우가 많다 보니 아르노를 조금 걱정했던 모양이다.

아무 일도 없었다고 신이 말하자 미제트는 몇 초 동안 그를 물끄러미 바라보았다. 혹시라도 숨기는 것이 없는지 확인하려는 건지도 모른다.

어떻게 대처해야 할지 신이 고민하기 시작했을 때 유즈하가 울었다.

『나 배고파.』

"따분하게 해드린 것 같네요. 저희도 크웨인 해역의 정보가 많지 않으니까 혹시라도 뭔가 생각나는 게 있으시면 언제든 알려주시길 바랍니다. 그리고 또 탐색하러 가실 때는 다시 한 번 신청하셔야 하니 주의하시고요. 그러지 않으면 순찰 중인 경비정에 포획당할 거예요."

유즈하의 말은 신에게만 들렸다. 미제트는 유즈하가 신을 재촉한 줄 알았던 모양이었다.

아무래도 애완동물로 인기 있는 소형 여우 몬스터나 성체가 되지 못한 새끼 몬스터를 데리고 다니는 것으로 생각한 듯했다.

"마지막으로 한 가지만 더 말씀드릴게요. 크웨인 해역 건과는 별도로 지그마 씨의 지명 의뢰가 들어와 있습니다."

"지명 의뢰요?"

굳이 의뢰를 할 만한 일이 뭐가 있나 싶어서 신은 건네받은 의뢰서를 읽어보았다.

내용을 요약해보면 새로운 배의 건조에 협력해달라는 부탁이었다.

다행히 마도 선박에 관한 내용은 적혀 있지 않았다. 길드에서도 자세한 사정을 모르니 부족한 재료를 구해달라는 의뢰 정도로 판단했을 것이다.

그러나 지그마를 잘 아는 신은 그가 다른 것을 요구하고 있음을 금방 알아챘다.

"신 님이 오시면 반드시 전하라고 담당 직원을 살벌하게 다그쳤다고 하네요. 무슨 일이라도 있으셨나요?"

"지그마 씨……."

신은 대체 뭐 하는 짓이냐고 마음속으로 항의했다.

"어쨌든 나중에라도 들를 생각이었으니까 그때 물어보면

되겠죠. 받아들일지는 그때 결정할 생각입니다."

"알겠습니다. 이것으로 신 님께 알려드릴 것은 전부 말씀드렸습니다. 수고 많으셨어요."

"그러면 이만 가보겠습니다."

신은 가볍게 고개를 숙인 뒤 길드에서 나왔다.

슈니가 아직 있을지도 몰랐기에 잠깐 시장이라도 둘러보고 돌아가기로 했다.

✝

신이 길드에서 이야기하는 동안 슈니는 혼자 시장을 돌아다니고 있었다.

환영 스킬로 변장해두었기에 정체가 들킬 염려는 없지만 역시나 많은 사람들의 시선이 집중되었다.

모습을 바꾸어도 미인이라는 신의 말을 떠올리자 그녀의 입가에 작은 미소가 맺혔다.

그러나 그런 미소도 오래가지는 못했다.

"……휴우."

무심결에 한숨이 새어 나왔다.

신의 앞에서는 티가 나지 않도록 늘 노력해왔다. 그 탓인지 마음이 느슨해질 때마다 기분이 축 처지곤 했다.

지금까지도 극히 드물게 그럴 때가 있었다. 하지만 최근에는, 아니 바로 어제부터는 그것이 매우 빈번해졌다.

『심해 고성』에서 이슈카와 싸울 때 벽에 가로막혔던 것이 원인임은 분명했다.

티에라가 유즈하, 카게로우와 함께 신을 도와 이슈카를 쓰러뜨릴 때까지 슈니는 벽을 뚫어내지 못했다.

마치 움직이지 않는 대지를 공격하는 것처럼 절대로 뚫릴 것 같지 않다는 무력감을 느꼈다.

지금의 슈니에게는 지전(至伝)급 스킬마저 튕겨내는 그 벽을 극복해낼 방법이 없었다.

그러나 앞으로도 자신과 신을 떼어놓는 적이 또 나타날 가능성은 충분했다.

그런 일이 벌어지면 슈니는 신을 도우러 갈 수 없었다.

"······."

묵묵히 식료품을 골라 구입하고 사람들 눈에 띄지 않게 아이템 박스에 넣었다. 그러는 동안에도 슈니는 계속 똑같은 생각을 하고 있었다.

그러나 그런 생각은 이내 다른 방향으로 흘러가기 시작했다. 슈니가 신경 써야만 하는 일이 그 밖에도 존재했기 때문이다.

이슈카가 이야기한 '바라지 않는 귀환'은 신이 원래 세계로 돌아갈 수 있다는 사실을 암시하는 것이 아닐까?

신도 그럴 가능성을 이미 염두에 두고 있으리라.

망령평원에서 재회했을 때 신은 원래 세계로 돌아갈 수 있다면 돌아갈 거냐는 슈니의 질문에 그렇다고 답했다.

이번에는 이슈카의 말에 동의하지 않았지만 만약 안전하게 원래 세계로 돌아갈 수단을 찾아낸다면 신은 과연 어느 쪽을 고를 것인가.

"신에게는 돌아갈…… 이유가 있죠."

마리노의 유언이 있다. 남겨두고 온 가족과 친구 외에도 연결 고리를 가진 사람들이 많을 것이다.

그곳은 신의 고향이자 원래 있어야 할 장소이다. 지금 이 세계에 존재한다는 것 자체가 비정상적인 일이라는 것을 슈니도 잘 알고 있었다.

"이곳에 남을 이유는……."

— 있다.

슈니는 그렇게 소리 내어 말하려고 했다.

이 세계에도 신이 남아야 할 이유가 있다. 저쪽 세계와 팽팽한 균형을 이룰 만한 것이 있다.

자신이 바로 그 이유다. 슈니는 그렇게 말하고 싶었다.

하지만 슈니는 끝내 그 말을 꺼내지 못했다.

희미하게 열린 입에서는 한숨만이 흘러나왔다.

"난 신을 — ."

좋아한다. 너무나도 좋아한다.

사랑한다고 당당히 말할 수 있었다.

하지만 상대방은 어떨까?

신은 그녀를 어떻게 생각할까?

명확하게 마음을 표시하는 슈니와 달리 신은 그런 이야기를 거의 하지 않았다. 곤란해하거나 미안해하며 웃을 때가 대부분이다.

— 돌아간다는 생각을 못 할 정도로 너한테서 눈을 못 떼게 만들어야 해.

필마의 말이 슈니를 고민하게 했다.

자신의 외모는 신이 설정한 것이다. 처음 설정했을 때의 반응을 떠올려보면 신의 취향을 극도로 반영한 것이 분명했다.

가슴에 느껴지는 시선은 착각이 아닐 테고, 자신이 호감을 드러내는 것이 싫지만은 않을 것이다.

필마가 반쯤 농담처럼 말한, 안아달라고 덮치는 방법도 어쩌면 성공할지 모른다.

하지만 그것이 성공했다고 정말 신을 이곳에 붙잡아 둘 수 있을까?

게임 시절에 연인이었던 마리노와는 시스템상의 제약으로 육체적 접촉이 제한되어 있었다. 그런데도 슈니가 본 두 사람은 진심으로 사랑한다는 것을 알 수 있었다.

아바타로 불리는 육체는 외모를 마음대로 바꿀 수 있었다고 한다.

결국 외모만으로 마음이 열린다는 보장은 없는 셈이다.

그렇다면 두 사람을 이어주었던 것은 몸이 아닌 마음이리라. 누구도 침범할 수 없는 마음 깊은 곳에서 서로를 갈구했던 것이다.

취향에 맞는 얼굴과 뛰어난 몸매로 유혹한다고 해서 신을 붙잡아 둘 수 있을 것 같지는 않았다.

"나는……."

어떻게 하고 싶은 것일까?

신이 어떻게 해주길 바라는 걸까?

바라는 것이라면 얼마든지 있었다.

행복해지길 바란다.

웃는 모습을 보여주길 바란다.

안아주길 바란다.

키스해주길 바란다.

자신{만}을 바라봐주길 바란다.

자신{만}을 갈구해주길 바란다.

바람이라기보다 욕망이라고 부르는 편이 정확할 것이다. 그러나 그것이 슈니의 본심이었다.

마음이 흐트러진 탓인지, 좋아하는 사람을 독점하고 싶은 욕망이 고개를 쳐들었다. 그와 동시에 신의 연인이었던 마리노가 떠올랐다.

자신도 그렇게 되고 싶었던 존재.

연인이 되어 서로를 사랑했던 마리노를 참고해서 생각하고 또 생각하고 생각한 끝에 깨닫는다.

마리노와 가장 가까운 곳에 존재하는 사람이 티에라라는 사실을 말이다.

"……."

신도 이미 알아챘을지 모르지만 티에라의 내면 혹은 가까이에 마리노의 그림자가 아른거리고 있었다.

『흑무녀 신사』에서의 입맞춤, 그리고 이슈카와 싸울 때 벽을 통과한 일까지. 그리고 슈니가 모르는 곳에서도 분명 무슨 일이 있었을 것이다.

만약 마리노가 티에라를 돕는다면 신의 마음은 그쪽을 향할지도 모른다.

티에라를 보다 보면 꼭 마리노 때문이 아니더라도 신을 좋아하고 있음을 알 수 있었다.

스스로 알고 있는지 모르지만 티에라의 시선도 슈니 못지않게 빈번히 신을 향하곤 했다.

슈니도 아직 그 정도는 알아차릴 만큼 주변에 신경을 쓰고 있었다.

"……내가 대체 무슨 생각을 하는 걸까."

생각이 자꾸만 이상한 방향으로 흘러가면서 머릿속이 복잡해지고 있었다.

슈니는 그것을 자각하며 다시 한번 한숨을 쉬었다.

생각에 잠겨 걸어온 탓인지 어느새 그녀는 바르바토스가

내려다보이는 언덕 위에 와 있었다.

전망 좋은 명소로 정비된 곳인지 약간의 놀이 기구와 벤치도 설치되어 있었다.

"이상하게 사람이 없네."

그만큼 전망이 좋은 장소였고 아직 정오도 되지 않은 시각이었다.

처음 와본 곳이라 단언할 수는 없지만 조금의 인기척도 느껴지지 않는 것이 이상했다.

슈니가 의아하게 생각하는 사이 언덕 위로 올라오는 사람의 기척이 느껴졌다. 누군가가 천천히 걸어오고 있었다. 슈니는 그 사람이 있는 방향으로 시선을 돌렸다.

"날 보고 있는 걸까?"

【투시】 스킬을 사용한 것이리라. 슈니는 모습이 보이지 않는 상대의 시선을 선명하게 느꼈다.

슈니 역시 【투시】를 사용해 상대의 모습을 확인했다.

"설마?!"

슈니는 다가오는 상대의 모습을 보고 놀라지 않을 수 없었다.

화려하게 장식된 신사복을 입고 새하얀 머리카락 위로는 금색 테두리의 실크 모자를 쓰고 있다.

하얀 장갑을 낀 손에 지팡이까지 들고 있어서 영국 신사 같은 모습이었다.

잘생긴 얼굴에는 소년처럼 천진난만한 미소를 짓고 있었다. 그러나 가늘게 뜬 갈색 눈동자가 전혀 웃고 있지 않다는 것을 슈니는 놓치지 않았다.

전 대륙에 지명 수배된 흉악범 하멜른이 변장도 없이, 주위를 경계조차 하지 않으며 언덕 위를 향해 똑바로 접근해오고 있었다.

그것을 본 슈니는 즉시 신과 동료들에게 심화를 연결했다.

『하멜른을 발견했어요. 이제 곧 접촉합니다.』

놀라는 동료들에게 재빨리 장소를 전했다. 주변을 보면 아직 몬스터는 출현하지 않았다. 가능하다면 이곳에서 쓰러뜨리는 것이 최선이었다.

하지만 하필 이런 대낮에 당당히 슈니 앞에 나타난 이유가 신경 쓰였다.

『사냥꾼』과 『닌자』 같은 척후 직업은 시각과 관련된 스킬을 감지하는 능력이 높다고 알려져 있다.

직업과 종족에 따른 숨은 능력치가 있을 거라는 의혹을 플레이어들이 직접 검증해서 밝혀진 내용이었다.

『닌자』의 여성 버전인 『쿠노이치』를 상대로 아무 대책 없이 【투시】를 사용했다는 것은 자신의 위치를 알려주는 것이나 다름없었다.

하멜른도 그것을 모르지는 않을 테니 뭔가 꿍꿍이가 있다고 보는 것이 합당했다.

"이런, 기다려주시다니 놀랍군요. 당연히 기습이라도 해올 줄 알았는데요."

하멜른은 몸 전체로 놀라움을 표현하며 말했다.

변장 중인 슈니의 정체를 간파한 것을 보면 역시 신과 같은 전(前) 플레이어다웠다.

"완전히 포착된 상태라면 별로 효과가 없다는 걸 알 텐데 요. 일단 묻겠습니다. 목적이 뭔가요?"

슈니는 신 일행이 올 때까지 시간을 벌기 위해 대화를 유도 했다. 슈바이드와 필마는 조금 시간이 걸릴지 몰라도 신이라면 몇 분 내로 도착할 수 있을 것이다.

"목적 말인가요? 굳이 말하자면 바로 당신이겠네요."

"저라고요?"

"네, 모처럼 신 군이 이 세계에 온 김에 궁금했던 점을 확인 해보고 싶어서요."

지팡이를 들지 않은 하멜른의 오른손에 한 장의 카드가 출 현했다.

그것을 본 슈니는 즉시 『창월』을 뽑아 들며 거리를 벌렸다.

아이템 카드 외에도 마법 스킬을 봉인해둔 공격용 카드도 있었다.

"경계하게 했나 보군요. 안심하세요. 이건 그냥 마술입니 다. 저는 당신에게 위해를 가할 생각이 없어요. 그래서는 {의 미가 없으니까요}."

슈니가 의아해하자 하멜른은 더욱 짙게 미소 지었다. 하멜른이 손에 든 카드가 슈니 쪽으로 향했다. 그러자 카드가 소멸하며 슈니의 몸이 빛나기 시작했다.

"……?!"

슈니는 갑자기 빛나는 자신의 몸을 보고 당황하는 대신 즉시 몸을 움직였다. 하멜른과의 거리를 단숨에 좁히며 주저 없이『창월』을 휘둘렀다.

"이런, 이런. 예전과는 차원이 다른 속도로군요. 무기도 강화되었고요."

슈니의 공격에서 벗어난 하멜른이 팔꿈치 아래가 사라진 왼팔을 붙잡으며 몇 걸음 뒤로 물러났다. 방어를 위해 사용한 지팡이는 이미 두 동강이 나서 바닥을 구르고 있었다.

"아이템 효과가 없었다면 지금쯤 살아남지 못했겠군요. 아무래도 제가 너무 얕봤나 봅니다. 앞으로 고쳐나가야겠네요."

하멜른은 한쪽 팔을 잃었다는 것이 믿기지 않는 말투로 말했다.

게임 시절이라면 움직임의 자유도와 AI의 성능으로 인해 하멜른이 쉽게 승리했을 것이다.

그러나 방금 전의 공방전을 보면 슈니도 충분히 하멜른을 쓰러뜨릴 수 있을 것 같았다.

다만 지금의 슈니에게는 그런 생각을 할 여유가 없었다.

"무슨…… 짓을……!"

몸에서 힘이 빠져나갔다.

그뿐만이 아니었다. 무언가가, 더할 나위 없이 소중한 무언가가 사라져가는 느낌이 들었다.

그것을 명확한 말로 표현하기는 힘들었다.

하지만 절대로 무시할 수는 없었다.

눈앞에 있는 하멜른보다도 온몸을 휘감는 미지의 감각이 훨씬 두렵게 느껴졌다.

"플레이어가 아닌 이상 이게 뭔지 알게 될 일은 거의 없겠죠. 뭐, 굳이 숨길 필요도 없으니 가르쳐드리겠습니다. 어쩌면 당신 역시 한 번 경험해봤을지도 모르지만, 이건 서포트 캐릭터의 호감도를 초기화하는 아이템입니다. 게임에서는 자신의 서포트 캐릭터에게만 효과를 발휘했지만 이 세계에서는 그렇지 않은 것 같더라고요."

슈니는 하멜른이 말한 아이템을 전혀 알지 못했다. 하지만 그것이 자신에게 특히 치명적으로 작용한다는 사실만큼은 직감적으로 이해했다.

"크윽…… 아……."

발광이 시작된 지 불과 몇 초가 지났을 뿐이었지만 이제는 말도 제대로 나오지 않았다.

슈니의 손에서 『창월』이 떨어졌다.

돌멩이에 부딪쳐 챙 하는 소리가 나는 것을 내려다보기도 전에 머리에 엄청난 충격이 엄습했다. 그리고 슈니는 자신이 땅에 쓰러진 것을 깨달았다.

"자, 이제 목적은 달성했으니 슬슬ーー도록 하죠. 다른 서포ーー도 시험해보고ーー 갖고 있는 것도ーー 결과가 기대ー ー 하겠습니다. 가능하ーー트 캐릭터와 같은 결과가ー."

하멜른의 말이 중간중간 끊겨서 들려왔다.

의식이 희미해지고 있었다.

눈을 뜨고 있기도 힘들었다.

"슈니이이이이이이이!!"

의식을 잃기 직전에 누군가의 목소리가 들려온 것 같은 느낌이 들었다.

✝

시간을 조금 되돌려보자.

길드에서 볼일을 마친 신과 유즈하는 바로 시장으로 향했다.

점원을 상대로 가격 흥정을 하는 휴먼 여성, 노점을 둘러보는 어인 남성, 길을 지나는 사람들에게 호객 행위를 하는 인어 여성, 비린내가 거슬리는지 얼굴을 찡그리는 비스트 남성까지 다양한 사람들로 뒤섞인 시장은 무척이나 활기가 넘쳤다.

신이 별생각 없이 적당한 가게를 들여다보자 식재료로 잘 알려진 생선부터 게임 시절에는 보지 못한 생선까지 다양한 상품이 진열되어 있었다.

생선 외에도 어패류와 해초류, 건어물 등 해양 도시만의 특산품들이 빽빽이 진열되어 눈을 즐겁게 해주었다.

『전부 맛있어 보여.』

『엄청나게 생긴 것들도 많네. 저걸 먹을 수 있는 건가?』

이 세계에서도 겉모양과 맛이 일치하지 않는 생물이 많았다. 특히 바다 생물은 그런 경향이 강했다. 가게 앞에 진열된 것을 보면 적어도 식용은 맞는 것 같았다.

『배고파.』

『점심때까진 아직 시간이 남았어. 참아.』

『쿠우…….』

유즈하는 신의 머리 위에서 힘없이 축 늘어졌다. 앞다리와 머리 때문에 앞이 보이지 않았기에 신은 머리 위로 손을 뻗어서 유즈하를 어깨로 옮겨놓았다.

"조금 돌아다녔는데도 안 보이는 걸 보면 역시 슈니는 없는 건가?"

신은 시장 중심 부근을 걸어가면서 미니맵에 의식을 집중했다. 슈니가 있다면 마크 위로 이름이 표시될 것이다.

그러나 이동하는 마크는 전부 중립을 나타내는 녹색뿐이었다. 슈니의 그림자도 보이지 않았다.

미니맵 범위를 넓히면 찾아낼 수 있을 테지만 시장에 없다면 시우옥으로 돌아갔을 거라는 생각에 그만두었다.

다만 이따금 '엄청난 금발 미녀를 봤어'라거나 '그 몸매는 미쳤어' 같은 말들이 근처의 남자들에게서 들려왔다.

확실하진 않지만 슈니가 변장한 모습을 본 게 틀림없다고 신은 생각했다.

최대한 주의하고는 있지만 신도 무심결에 슈니의 가슴 쪽으로 시선이 향할 때가 많았다.

필마의 정보에 따르면 게임 시절보다도 발육이 더욱 좋아졌다. 최근에 들은 것 중에서 가장 중요한 정보였다.

"앗, 안 되지, 안 돼. 내가 대낮부터 무슨 생각을 하는 거야."

주변 남자들의 생각에 전염된 모양이다. 신은 세차게 고개를 흔들어 망측한 상상을 떨어냈다.

『흑무녀 신사』에서의 포옹, 후지에서의 입맞춤, 그리고 『심해 고성』에서 보여준 수영복 차림까지.

신도 어쩔 수 없는 남자였다. 여성의 부드러운 감촉과 요염한 수영복 모습을 동시에 떠올리자 평상심을 유지하기 힘들었다.

『쿠우, 신, 엉큼해.』

"뭐?! 유, 유즈하, 대체 무슨 소리야!"

신의 생각을 읽은 듯한 유즈하의 말에 신은 심화를 사용하는 것도 잊고 큰 소리를 내고 말았다.

『슈니는 예뻐. 안으면 되지.』

"그건…… 여러 가지 사정이 있다고."

슈니에게 불만이 있는 것은 아니었다. 하지만 원래 세계로 돌아가기 위해 행동하는 이상 쉽게 그녀에게 다가갈 수는 없었다.

신은 애매한 희망을 갖게 만드는 일이 얼마나 잔혹한지 잘 알았다. 하지만 직선적으로 호감을 표시하는 슈니를 냉정하게 밀어낼 수도 없었다.

차라리 원래 세계로 돌아가는 것을 포기하고 이곳에서 살기로 결정해버린다면 슈니에 대한 문제는 해결될 것이다.

그러나 이곳에 오게 된 원인조차 아직 명확하지 않았다. 귀환을 포기하자마자 원래 세계로 저절로 돌아가는 사태가 발생할 경우 모든 것이 뒤엉키고 만다.

『신은 슈니 좋아해?』

"그야 당……."

신은 당연하다고 말하려다가 주변에서 기이하게 쳐다보는 시선을 느꼈다.

다른 사람들의 눈에는 신이 혼잣말을 중얼거리며 걸어 다니는 것처럼 보였으리라.

『……당연하지. 다만 게임 시절에는 호감도라는 게 존재했잖아. 만약 그게 지금도 슈니에게 작용하고 있는 거라면 결국 나에게 마음을 조종당한 셈이야.』

신은 심화로 전환하며 말했다.

그것은 필마와 슈바이드 같은 다른 서포트 캐릭터들에게도 적용되는 말이었다.

서포트 캐릭터가 처음 생성될 때는 최소한의 충성심만 갖고 있다.

단순히 점원으로 사용한다면 그것만으로도 충분했지만 신의 서포트 캐릭터처럼 전투에 참여시킬 경우 이야기가 달라진다. 호감도가 낮으면 지시를 내릴 때 제한을 받게 되는 것이다.

함께 행동하거나 호감도를 높이는 아이템을 사용해서 일정한 호감도에 도달한 후에야 그런 제한이 사라졌다.

호감도가 MAX까지 올라가면 인연의 증표로 『계의 물방울』 조각을 입수할 수 있다. 서포트 캐릭터 한 사람당 하나씩으로, 얻을 수 있는 양은 최대 다섯 개였다.

그것을 전부 합쳐도 고대급 장비를 제작하기에는 턱없이 부족하지만 분명한 희귀 아이템이었다.

그것을 반지나 귀걸이로 만들어 서포트 캐릭터에게 건네주는 플레이어도 있었다.

『슈니의 마음을 왜곡한 게 아닌가 하는 생각이 들 때가 있어..』

호감도 상승 아이템을 대량으로 건네서 단숨에 호감도를

올린 적도 있었다.

게임이었다면 단순히 수치 상승만 신경 쓰면 된다. 지시 제한을 없애거나 희귀 아이템을 손에 넣기 위해서. 결국 전부 자신을 위한 일인 셈이다.

그러나 이 세계는 현실이었고 슈니가 게임의 영향을 받았다면—.

슈니를 지켜보던 신의 마음속에 그런 생각이 싹트기 시작한 것이다.

『슈니는 신을 좋아해. 조종당한 게 아냐.』

『그렇다면…… 좋겠지만 말이지.』

유즈하의 말에 신은 어깨를 축 늘어뜨리며 힘없이 대답했다. 돌아가든 못 돌아가든 그것만큼은 분명히 해두고 싶었다.

『신에게 무슨 일이 생겨도 유즈하는 함께 있을게.』

『그런 소리 말라고. 내가 현실로 돌아가면 유즈하는 따라올 수 —.』

『아니, 따라갈 거야.』

신이 당연하게 여기는 사실을 말하려 하자 유즈하가 가로막으며 단언했다.

『유즈하는 신하고 같이 있고 싶어서 있는 거야. 아이템 같은 건 받지 않았는걸, 쿠우!』

유즈하는 꼬리로 신의 목을 감으며 앞발로 신의 뺨을 두드렸다. 힘이 실리지 않은 육구(肉球) 펀치가 뿅뿅 하는 효과음을 냈다.

유즈하는 자신이 조종당해서 함께 있는 것이 아니라고 주장하고 있었다.

『……뭐, 마음대로 해. 내 의견도 명확한 근거가 있는 건 아니니까 말이지.』

호감도의 영향이 있는지 확인할 방법은 없었다.

애초에 슈니는 신이 처음 【THE NEW GATE】에 로그인했을 때의 상황도 기억한다고 말했다.

그렇다면 슈니가 자연스럽게 신을 좋아하게 되었다고 해도 이상하지 않았다. 현재 슈니가 가진 호감이 순수한 감정일 가능성도 있었다.

하지만 그런 가설 역시 분명한 근거는 없었다.

"계속 돌아다니기도 뭣하니까 그만 돌아갈까."

이곳에서 슈니를 찾을 수 있을 것 같지는 않았다. 그렇게 판단한 신이 시우옥으로 방향을 돌리려 할 때 슈니의 심화가 들려왔다.

『하멜른을 발견했어요. 이제 곧 접촉합니다.』

멀리서 들려오는 듯한 목소리였다. 개인이 아닌 파티 멤버 모두에게 보내는 일제 송신 메시지였다.

"하멜른이라고? 설마 이곳에 몬스터 무리를 불러들일 셈인가?!"

신은 좁은 골목길로 들어서는 것과 동시에 【은폐】 스킬로 모습을 감추며 땅을 박찼다. 그리고 단숨에 건물 지붕으로 뛰어올라 미니맵을 확대하여 슈니의 방향을 확인하고 달려나갔다.

신의 예상과 달리 슈니는 도시를 내려다볼 수 있는 언덕 위에 있었던 모양이었다.

슈니의 반응 근처에는 중립을 의미하는 녹색 마크 하나뿐이었다. 아마도 하멜른일 것이다.

"바르바토스 주위에 몬스터 반응은 있어. 하지만 도시를 공격할 만한 대규모 집단은 아냐. 도시를 공격하려는 것이 아닌가?"

신은 바람을 가르며 달렸다.

하멜른의 목적을 예상해보았지만 애초에 하멜른에 대한 정보 자체가 많지 않았다.

게임 시절에도 몬스터들을 섬멸한 신이 직접 목숨을 거두었지만 하멜른이 어떤 의도로 행동했는지는 끝내 밝혀지지 않았다.

신이 몇 초 뒤면 언덕에 도착하는 순간, 미니맵상의 하멜른이 붉은 마크로 바뀌며 슈니의 마크도 움직이기 시작했다.

"뭐지?"

미니맵만으로는 구체적인 행동까지 알 수 없었다. 분명한 것은 하멜른의 옆을 스쳐 지나간 슈니가 움직임을 멈췄다는 사실 정도였다.

두 사람은 지금 조금 높은 언덕 위에 있었다. 신은 돌아 들어가는 시간도 아까워서 일단 지붕에서 내려와 땅에 균열을 일으키며 단숨에 도약했다.

언덕 위에서 신이 본 것은 바닥에 쓰러지는 슈니와 한쪽 팔을 잃은 하멜른의 모습이었다.

"슈니이이이이이이이이!!"

신은 슈니를 본 순간 무의식중에 외쳤다.

그의 간절함이 닿았는지 땅에 쓰러진 슈니가 다시 움직였다.

천천히 상체를 일으키더니 소리도 없이 하멜른의 등 뒤로 돌아갔다. 손에는 땅에 떨어졌던 『창월』을 쥐고 있었다.

"으윽?!"

신의 외침에 정신이 쏠렸던 하멜른은 슈니의 접근을 아슬아슬하게 감지하고 즉시 몸을 피했다.

그러나 쓰러질 정도의 대미지를 입은 탓인지 슈니의 공격은 평소만큼 날카롭지 않았고 하멜른의 가슴을 베는 데 그쳤다.

슈니에게서 거리를 벌린 하멜른의 웃옷이 깔끔하게 잘려 있었다. 피가 나지 않는 것을 보면 몸까지는 닿지 못한 듯했다.

"슈니! 괜찮아?!"

"네, 괜찮아요."

신은 하멜른을 노려보며 슈니의 상태를 확인했지만 겉으로 드러나는 상처는 없었다. 레벨과 능력치도 그대로였다.

"빨리도 오셨군요. 이렇게 또 만나게 될 줄은 몰랐습니다."

하멜른이 기쁘게 말을 건넸다.

"그런 건 아무래도 상관없어. 슈니에게 무슨 짓을 한 거야?"

"특별히 무슨 짓을 한 건 아닌데 말이죠. 호감도를 초기화하는 아이템을 사용했을 뿐입니다. 솔직히 말씀드리면 저도 효과가 나타날 줄은 몰랐습니다. 당신이라면 이미 이벤트 때 초기화해서 아이템을 회수했을 거라 생각했거든요. 초기화는 한 번밖에 안 되잖아요."

"……『침식의 사부(邪符)』인가!"

"네, 정확합니다."

더욱 짙게 미소 짓는 하멜른을 향해 신은 실체화한 『무월』을 겨누었다. 슈니의 상태도 걱정되었지만 하멜른을 여기서 놓치면 더욱 번거로워질 것이다.

"어디서 손에 넣었지? 그건 플레이어가 만들 수 없는 아이템일 텐데."

"키시미 일족이던가요? 그들도 이 세계에 있거든요. 방금 사용한 건 그들의 집락을 멸망시킬 때 손에 넣은 겁니다. 아, 안심하십시오. 방금 슈니 씨에게 사용한 게 마지막 한 장이었거든요. 그리고 저는 호감도를 원래대로 되돌리는 아이템을 갖고 있지 않습니다.”

신은 장난스럽게 말하는 하멜른에게 주저 없이 『무월』을 휘둘렀다.

죽이지는 않을 생각이었다. 정보를 캐내야 하기 때문이다.

그러나 신의 공격이 상대에게 닿기도 전에 두 사람 사이에 검은 그림자가 출현했다.

“쳇!”

혀를 차며 휘두른 『무월』은 신의 앞에 나타난 그림자를 둘로 갈랐다. 그러나 예상보다 묵직한 감촉이 느껴지며 검의 속도가 급격히 느려졌다.

그림자의 정체는 대미지 감소 능력을 가진 몬스터인 매드 섀도우였다.

대미지 감소는 이름처럼 받는 대미지를 줄이는 능력으로, 물리와 마법에 상관없이 받는 대미지를 무조건 3분의 1로 감소시키는 효과가 있었다.

게다가 검과 창 같은 무기에 들러붙어 전투를 방해하는 능력도 있었다.

방금 신에게 한 것처럼 공격 속도를 늦추는 보조 효과까지 있었기에 시간을 다투는 이벤트에서는 혐오 대상 1순위였다.

레벨은 100으로 고정되었고 공격 능력도 전무했다. 대신 VIT가 800이 넘었다.

매드 섀도우가 신의 『무월』에까지 들러붙지는 못했지만 검

의 속도가 느려지면서 하멜른은 신의 사정거리 밖으로 벗어
날 시간을 벌 수 있었다.

"저를 붙잡아 정보를 캐내려는 것일 테지만 애초에 숨길 생
각은 없으니 전부 말씀드린 뒤에 퇴장하죠. 호감도를 복구하
는 아이템을 제작할 방법은 있습니다. 하지만 그게 성공할지
는 순전히 운에 달렸죠. 지금까지 서포트 캐릭터들에게 시험
해본 바로는 성공 확률이 절반 정도였거든요. 또 다른 선택지
인 이벤트 보스는 아직 발견되지 않았지만, 차라리 그쪽을 찾
아보는 게 빠를지도 모르겠네요."

"……그걸 왜 내게 알려주는 거지?"

"하이 휴먼의 서포트 캐릭터에게 어떤 효과가 나타나는지,
그리고 과연 원래대로 돌아올 수 있는지를 확인하고 싶을 뿐
입니다. 슈니 씨를 해치려는 의도는 조금도 없어요. 신 군이
보여준 반응은 예상 밖이었지만 그런 걸 이용해봐야 별로 재
미가 없으니까 말이죠. 신 군이라면 제가 진심으로 하는 말이
라는 걸 잘 알 거라고 생각하는데요."

본인의 말처럼 하멜른은 단지 결과가 궁금한 것이리라. 그
의 말과 행동은 게임 시절과 전혀 달라지지 않은 것 같았다.

하멜른은 좋든 나쁘든 자신이 정한 목적 외에는 아무 관심
도 보이지 않았다.

상투적 수단인 MPK(몬스터 플레이어 킬)도 저항하는 사람들
의 모습을 보기 위해서일뿐, 상대의 생사에는 전혀 신경 쓰지

않았다.

그랬던 과거를 떠올려보면 하멜른의 말이 거짓말 같지는 않았다.

"그러면 저는 이만 실례하죠. 또 만날 날을 기대하고 있겠습니다."

매드 섀도우를 대량으로 불러내 벽을 만들고 그 안쪽에서 이야기하던 하멜른의 반응이 사라졌다. 고속 이동이나【은폐】스킬과는 느낌이 달랐고 전송 마법인 것 같았다.

마크도 없이 순간 이동해버린 이상 추적할 방법은 없었다.

남은 매드 섀도우를 처리한 신은 슈니에게 이야기를 들어보기로 했다.

"대체 무슨 일이 있었던 거야?"

"하멜른이 이미 이야기한 것 외에는 저도 모르겠습니다. 사부(邪符)를 사용했다고 하던데 제겐 아무 이상도 느껴지지 않습니다."

신의 질문에 슈니가 담담히 대답했다. 심각해 보이지도 않았고 무언가를 참아내는 표정도 아니었다. 몸에 이상이 없다는 말은 진심인 것 같았다.

하지만 담담히 말하는 모습에서 위화감이 두드러졌다.

자신의 상태를 설명하는 슈니는 너무나도 무표정한 얼굴이었다.

"……내가 기억나?"

"저의 창조주이자 섬겨야 할 주인이라는 걸 기억하고 있습니다."

"……그것뿐이야?"

"이 땅에 와서 아직 1시간도 활동하지 않은 상황에서 그것 외에 특별히 언급할 만한 건 없는 것 같습니다."

신이 조금 상기된 목소리로 물었지만 슈니의 표정은 바뀌지 않았다.

자신을 바라보는 눈동자에도 평소의 열기가 느껴지지 않았다. 신이라는 존재를 단지 관찰하고 있을 뿐이다.

신은 온몸에서 핏기가 빠져나가는 기분이었다.

"달의 사당을 계속 네게 맡겨두었던 건?"

"거점에 대해 말씀하시는 겁니까?"

"파르닛드하고 히노모토, 그 밖에도 많은 곳에 함께 갔었잖아."

"기억에 없습니다만……."

"……필마와 슈바이드는?"

"그게 누군가요?"

질문을 거듭하는 신을 보며 슈니의 표정이 흐려졌다. 연기가 아니라 정말로 모르는 눈치였다.

"말도 안 돼……."

신이 무심결에 중얼거렸다.

대답하는 내용을 보면 슈니는 게임에서 서포트 캐릭터가

막 생성된 상태로 기억이 초기화된 것 같았다. 장비는 문제없이 사용할 수 있었기에 레벨과 능력치는 그대로인 듯했다.

호감도는 플레이어가 로그인한 상태에서 조금씩 상승하고 함께 행동하거나 아이템을 사용할 때마다 크게 오른다.

호감도가 초기화되면서 그와 관련된 기억, 호감도가 높았던 시기의 기억까지 사라진 것인지도 몰랐다.

슈니는 신의 첫 서포트 캐릭터다. 게임을 시작했을 때부터 거의 쭉 함께했으므로 호감도가 조금씩이나마 계속 올라가는 상태였다.

단지 가게만 맡겨두었다면 달랐을 수도 있지만, 슈니는 호감도의 초기화가 곧 기억의 초기화나 다름없는 결과를 초래한 모양이다.

"다른 질문은 없으십니까?"

"필마와 슈바이드가 오는 걸 기다린 다음 생각해봐야 할 것 같아. 일단 알려주는 건데, 필마는 슈니와 똑같은 서포트 캐릭터야."

"저 이외의 서포트 캐릭터 말씀이십니까? 제작 번호는 제가 1번일 텐데요."

슈니는 어느 틈에 생성했느냐는 듯이 무표정하게 고개를 갸웃거렸다.

기억이 제작 초기로 돌아간 이상, 자신보다 나중에 만들어진 서포트 캐릭터를 기억하지 못하는 게 당연했다.

슈니는 지금 이 세계에서 살아온 시간이 거의 전부 지워진 상태였다. 서포트 캐릭터가 여럿 있다는 것이 이상하게 느껴질 법도 했다.

"믿어지지 않을지도 모르지만 지금 슈니는 기억을 잃어버렸어. 슈니가 기억을 잃었다는 걸 알면 필마와 슈바이드도 나와 비슷한 질문을 할 테지만 슈니가 이해해줘."

"알겠습니다. 그러면 잠시 대기하겠습니다."

슈니는 그 말만 남기고 입을 다물어버렸다. 적극적으로 대화를 이어갈 생각이 없는 듯했다.

등을 꼿꼿이 펴고 손을 치마 위에 가볍게 올린 상태로 꼼짝도 하지 않았다. 눈까지 깜빡거리지 않으면 정교한 인형처럼 보이리라.

"쿠웅……."

지금까지 별 관심을 보이지 않던 유즈하가 외롭게 울었다.

'기억이 사라진…… 건가.'

좀 더 많은 질문을 해서 슈니의 상태를 파악할 수도 있었지만 신은 그러지 못했다.

무표정한 얼굴로 자신을 주인이라 부르는 슈니를 보며 자신이 생각하는 것보다 훨씬 큰 충격을 받은 건지도 몰랐다.

약간의 경의 같은 것은 느껴졌다. 하지만 그것뿐이다.

불과 몇 시간 전까지 보여주던 미소는 이제 어디에도 없었다.

'『침식의 사부』라면 분명『인연의 성부(聖符)』로 회복되었을 텐데.'

호감도를 초기화하는 아이템, 정식 명칭『침식의 사부』는 『망각의 저편』이라는 이벤트에서 추가된 아이템이었다.

플레이어 대신 서포트 캐릭터를 노리는 적이 사용해, 서포트 캐릭터의 호감도를 초기화해버리는 효과를 냈다.

다만 정확히 말하면 기억이 사라지는 것은 아니었다. 빼앗길 뿐이다.

이벤트에서는『침식의 사부』와 대비되는『인연의 성부』라는 아이템도 추가되었고 이것을 사용하면 초기화된 호감도를 회복시킬 수 있었다.

이미 사라져버렸다면 복구할 방법은 없다. 빼앗긴 것이기에 그것을 되찾으면 기억이 돌아오는 것이다— 이벤트의 설명문에서도 그렇게 이야기하고 있었다.

성부 외의 방법으로 기억을 되돌리려면 키시미 일족이 신봉하는 사신(邪神), 즉 이벤트 보스를 토벌해야만 했다.

게임에서는 성부의 효과가 100퍼센트 확실했지만 하멜른의 말이 사실이라면 회복을 운에 맡겨야만 했다.

게임에서는 서포트 캐릭터의 호감도를 일부러 초기화한 뒤 다시 처음부터 올려서『계의 물방울』을 하나 더 입수하는 플레이어도 많았다.

사부로 초기화되는 것은 단 한 번뿐이었다. 보수를 생각하면 손해 보는 장사는 아니었다.

신 역시 필마를 포함한 나머지 서포트 캐릭터들은 전부 초기화한 상태였다. 하지만 슈니만큼은 별개였다.

사부의 영향을 받지 않은 서포트 캐릭터와 협력해 이벤트를 클리어하면 특별한 보수를 받을 수 있었기 때문이다.

그래서 당시에도 최강 서포트 캐릭터였던 슈니와 함께 클리어했던 것이다.

'제길! 이렇게 될 줄 누가 알았냐고!'

신의 서포트 캐릭터 중에서 유일하게 사부의 영향을 받는 슈니가 하필 하멜른과 마주쳐서 이런 일이 벌어질 줄은 상상조차 하지 못했다.

성부 제작을 위한 재료로 『침식의 사부』를 입수할 수는 있었지만, 플레이어가 사용할 수는 없는 아이템이었기 때문이다.

신은 머리를 마구 긁적이며 뭔가 유용한 정보가 없는지 필사적으로 기억을 되짚었다. 그러나 아무것도 생각나지 않았고 그러는 사이 다른 동료들이 도착했다.

같은 서포트 캐릭터인 필마와 슈바이드, 달의 사당 종업원이던 제자 티에라를 보고서도 슈니의 태도는 바뀌지 않았다.

"……우리를 정말로 잊었나 보네."

"그런 것 같습니다. 저는 당신이 처음 만나는 사람으로만 느껴집니다."

"말이나 행동도 뭔가 달라진 것 같아."

신이 이 세계에 온 뒤로 슈니는 항상 온화한 분위기를 풍겼기에, 필마의 말처럼 성격까지 바뀐 느낌이 들었다.

"스승님······."

"제자를 둔 기억은 없습니다만."

"잊고 계신 것뿐이에요. 제발 떠올려주세요!"

티에라는 당황하는 슈니에게 매달리며 눈물로 호소했다.

슈니가 구해주지 않았다면 지금의 티에라는 없었다. 오랫동안 함께 생활해온 사이였기에 자신을 기억하지 못하는 것에 충격을 받은 것 같았다.

"진정해, 티에라. 슈니를 회복시킬 방법이 아주 없는 건 아냐."

신은 하멜른에게서 얻은 정보를 멤버들과 공유했다. 적이 가르쳐준 정보이긴 해도 성부라는 아이템은 신이 실제로 이벤트에서 사용해본 적이 있었기에 확실하다고 단언할 수 있었다.

문제는 성부를 사용해도 기억이 돌아올 가능성이 절반에 불과하다는 사실이었다.

만약 실패할 경우엔 존재 자체도 불확실한 이벤트 보스를 찾아내야만 했다.

"정말로 저는 기억을 잃어버린 건가요?"

"그래. 슈니도 방금 이 세계에서 눈을 뜨고 하멜른과 싸운 건 기억하잖아. 그렇다면 왜 비전투용 스킬이 숙련되어 있겠어? 요리 스킬은 레벨 Ⅸ까지 올라가 있잖아."

"……그렇군요. 확실히 성장시킨 기억이 없는 스킬이 많이 있네요. 제가 기억을 잃은 건 사실이군요."

능력치를 확인한 슈니가 납득했다는 듯이 고개를 끄덕였다.

여전히 얼굴에는 아주 작은 표정 변화밖에 없었기에 정말로 납득하고 있는지조차 알 수 없었다. 동시에 그녀가 이 정도로 무뚝뚝했나 싶은 생각도 들었다.

그때 필마가 물었다.

"그래서 신은 기억을 회복시키는 아이템을 갖고 있어?"

"……재료가 부족해. 『백향(白香)의 감로(甘露)』라는 아이템인데, 혹시라도 들어본 사람 있어?"

신은 아이템 박스를 확인하며 동료들에게 물었다.

이벤트 아이템의 재료는 기본적으로 다른 아이템으로 대체할 수 있기 때문에 굳이 대량으로 보관해두지 않은 것이다.

다른 서포트 캐릭터를 위해 성부를 만들고 남은 것이 몇 개있긴 하지만 하나를 더 만들기에는 부족했다.

"일단은 황금상회의 베레트에게 연락해보는 것이 어떻겠소? 찾아낼 가능성이 가장 높을 것 같소만."

"맞는 말이야. 일단 연락이 닿는 사람들에게 전부 물어보자. 히비네코 씨 같은 플레이어들도 갖고 있을 수 있어. 너희들은 뭐 기억나는 것 없어?"

"없어."

"나도 그렇소."

"있으면 바로 말했지."

필마, 슈바이드, 티에라는 역시 잘 모르는 모양이었다.

다만 필마와 슈바이드에게는 이벤트에 대한 기억이 남아 있어서 그것이 어떤 아이템인지는 아는 듯했다.

"달의 사당에⋯⋯ 그 뭐냐, 재료가 나오는 상자가 있었잖아. 그 안에는 없는 거야?"

"그걸로는 이벤트에서만 쓰이는 아이템을 생성할 수 없어. 하지만, 그래, 창고를 떠올린 건 좋은 발상이야. 세르슈토스의 창고 안을 한번 찾아보자. 라슈감 쪽도 가보는 게 좋겠어."

티에라가 생성기를 언급해준 덕분에 신은 앞으로의 행동 방침을 정할 수 있었다.

지그마를 찾아가는 일은 당연히 뒤로 미뤄야 했다.

시우옥 식구들에게도 사정을 설명하고 이동한다는 사실을 통보했다.

우선 세르슈토스 안을 뒤지기 위해 별도로 준비해둔 결정석으로 전송 마법을 사용했다.

그리고 세르슈토스 안을 재빨리 이동해 창고로 향했다.

신이 잠금을 해제하자 5메르가 족히 넘는 거대한 문이 옆으로 열렸다.

창고 안에는 카드화된 아이템과 실체화된 아이템이 함께 보관되어 있었다.

아이템을 실체화해둔 것은 넓기만 한 창고에 카드 묶음만 놓여 있으면 쓸쓸해 보인다는 별것 아닌 이유에서였다.

카드화를 통해 수납 효율을 높일 수 있었기에 『육천』 멤버들은 자신의 공간에 카드 묶음을 산더미처럼 쌓아두고 있었다.

창고 내의 기능 덕분에 무너져 내릴 일은 없었으며, 대부분이 희귀 아이템이나 희귀 재료였다.

아무렇지 않게 쌓인 그것들이 볼품없는 겉모양과 달리 엄청난 보물이라는 것은 분명했다.

"대단하네요. 카드화되었는데도 위압감이 느껴집니다."

기억은 잃은 슈니는 창고 안을 둘러보며 그렇게 말을 꺼냈다.

만약 플레이어나 서포트 캐릭터가 아니면서 마력에 민감한 누군가가 이곳에 있었다면 바로 매료되거나 즉시 도망쳤을 것이다.

"달의 사당에 있는 창고도 얼마나 이상했다고요. 저주받은 무기 같은 게 아무렇지 않게 장식되어 있었다니까요."

"위험하진 않은 건가요?"

티에라가 어처구니없다는 듯이 말하자 슈니가 진지하게 되물었다.

"건드리지 못하게 해둔 거니까 괜찮아. 정신에 간섭하는 장비도 효과를 억제해뒀어. 뭐, 건방지게 구는 녀석이 있으면 화로에 녹여버리면 그만이야."

신은 히노모토에서 쿠치나시를 포함한 손님들을 안내했을 때 무기들에게 분명히 경고해두었으니 괜찮다고 단언했다.

"그렇군요. 제 주인님은 무기를 다루는 일에 정통하신 거네요."

"……무기뿐만 아니라 대장 기술 전반에 정통하지. 금속 외에도 가죽과 실을 다루는 스킬을 익혔으니까 말이야."

감탄하는 슈니를 보자 신은 잠시 울컥하며 말을 잇지 못했다. 슈니의 표정과 몸동작을 통해 진심으로 하는 말임이 전해졌기 때문이다.

게임을 시작한 지 얼마 안 되었을 때는 신이 쇠를 두드리고 슈니가 마력을 불어넣어 검을 제작하곤 했다. 그것조차 기억하지 못하는 것이다.

"미안하지만 목록을 한번 봐야겠어."

우울한 생각을 떨치며 주변 구획에 있는 카드를 다 확인한 신은 혼잣말로 짧게 양해를 구하며 다른 『육천』 멤버들의 재고 목록을 불러왔다.

쭉 이어지는 재료명을 밑으로 내리며 『백향의 감로』를 찾았다. 혹시라도 놓치지 않기 위해 두 번 확인하는 것도 잊지 않았다.

처음 확인한 것은 식물 계열 재료를 자주 사용했던 헤카테와 쿳쿠의 공간이었다.

다음으로는 마침 옆에 있던 카인의 공간으로 넘어갔고, 캐시미어와 레드의 공간도 확인했다.

그러나 기대와는 달리 『백향의 감로』는 어디에도 재고가 없었다.

"애초에 많이 기대했던 건 아니지만 한 개도 없을 줄이야. 다른 곳에도 과연 있을지 모르겠네."

"그렇다고 찾아보지 않을 순 없소."

"그래, 다음은 라슈감으로 가자."

신은 슈바이드에게 고개를 끄덕여 보이며 말했다. 세르슈토스에서 전송할 수 있다면 빠를 테지만 달의 사당에서 시도했을 때처럼 잘되지 않았다.

"지금 라슈감은 어디쯤 있으려나."

"그건 비지에게 물어봐야겠지. 하는 김에 이동 수단도 제공받을 생각이야. 전에 탔던 엘더 드래곤이 있으면 라슈감이 땅으로 내려올 필요도 없으니까 말이지."

라슈감은 항상 하늘을 날고 있기 때문에, 비행 혹은 전송 마법으로 이동이 곤란할 때는 땅에 착륙시켜서 최하층을 통해 올라가야만 했다.

신 혼자라면 얼마든지 가능했지만 모처럼 비지가 엘더 드래곤을 키우는 만큼 굳이 귀찮은 방법을 택할 필요는 없었다.

"비지에게 메시지 카드를 보내서 어디에 있는지 물어볼게. 바르바토스와 이곳 중에 가까운 쪽으로 와줄 수 있는지 교섭해보겠어."

"하이 휴먼은 주인님밖에 안 계시다고 했으니까 명령만 하면 거역하지 못할 텐데요."

슈니는 만약 이 세계에 다른 『육천』 멤버가 왔다 해도 그 사람이 하는 말에 복종했을 거라고 덧붙였다.

비지와 베레트도 슈니와 같은 사고방식으로 그들에게 협력해준 것인지도 몰랐다.

"그런 식으로 강요하진 않기로 마음먹었거든. 그리고 날 부를 땐 그냥 신이라고 하면 돼."

"주인님의 이름을 함부로 부를 순 없습니다."

"하지만 기억을 잃기 전의 슈니는 날 신이라고 불렀는데?"

"저에겐 그런 기억이 없으니까요."

슈니는 끝까지 완고했다. 주종 관계라는 명확한 선을 벗어나려 하지 않았다.

바르바토스에서 이동할 때도 필마가 신과 친근하게 대화를 나누자 너무 허물없다며 타일렀을 정도였다.

"이 무렵의 슈니는 상당히 고지식했구나."

"아니, 이 정도로 꽉 막히진 않았던 것 같은데 말이지."

"제게 뭔가 문제라도?"

슈니가 무표정한 얼굴로 노려보자 신과 필마는 별일 아니라며 애매하게 웃어넘겼다.

"그런데 주인님. 오늘은 여기서 묵으실 겁니까?"

"비지와 베레트의 대답에 따라 달라지겠지. 어쨌든 점심부터 먹고 생각하려고."

점심을 어디서 먹을지는 아직 정하지 않았다고 말하자 슈니가 달의 사당을 꺼내달라고 요청했다.

"모처럼 왔으니까 저는 식사 준비를 하겠습니다."

"그래, 알았어."

자진하고 나서는 슈니의 기세에 밀려 신은 비어 있는 공간에 달의 사당을 실체화했다.

그것을 본 티에라가 자신도 돕겠다며 슈니를 따라나섰다.

신은 자기 방으로 들어가서 베레트와 비지 같은 서포트 캐릭터, 그리고 히비네코와 섀도우 같은 전 플레이어에게 메시지를 보냈다.

메시지 전송이 끝난 뒤에는 슈니의 상태를 살피기 위해 부엌으로 향했다.

"기억을 잃었어도 기술은 기억하고 있는 건가."

그곳에서는 슈니와 티에라가 식사 준비를 하고 있었다.

슈니가 티에라에게 가르친 것은 전투 기술만이 아니었다. 간단한 연금술과 요리처럼 살아가면서 도움이 되는 기술들도 아낌없이 전수한 것이다.

함께 생활한 시간이 길었던 덕분인지 슈니와 티에라는 완벽한 호흡을 보여주며 순조롭게 요리를 해나갔다.

"스승님은 요리에 필요한 건 기술과 마음이라고 하셨어요."

신이 있다는 것을 모르는 티에라가 슈니에게 말을 꺼냈다.

"기술은 알겠지만…… 마음이라고요?"

"네. 누군가를 생각하며 만든 요리와 단순히 기술적으로만 뛰어난 요리는 맛이 다르다고 하셨는걸요."

"뭔가 미지의 물질이라도 섞여 들어가는 걸까요……?"

"저기, 그건 그런 식으로 해석하는 게 아닌 것 같은데요."

엉뚱한 고민을 진지하게 하는 슈니를 보며 티에라가 풀 죽은 얼굴로 말했다.

신도 티에라의 말에 공감하며 통로 뒤에서 고개를 끄덕거렸다.

"스승님, 아니 슈니 씨가 요리에 담았던 건 신에 대한 마음이에요."

티에라는 일단 손을 멈추고 슈니를 바라보며 말했다. 그녀의 표정은 고통을 견디는 것처럼 살짝 일그러져 있었다.

"주인님에 대한 마음…… 말인가요?"

"네. 신이 사라지고 이제 돌아오지 않을지 모른다는 말을 들으면서도 슈니 씨는 신을 계속 기다렸어요. 신이 돌아온 뒤에는 항상 시선을 떼지 못했고요. 아마 제가 모르는 곳에서도 많은 일들이 있었을 거라 생각해요."

티에라는 담담하게 말을 이어나갔다.

그러고 보니 신과 슈니는 확실히 자주 단둘이 있곤 했다. 티에라는 그것을 눈치챘던 것이리라.

"고향에서는 연애 문제에 둔감하다는 말을 자주 들었지만, 슈니 씨가 신을 어떻게 생각하시는지는 잘 알 수 있었어요. 그 정도로 신은 슈니 씨에게 소중한 존재예요."

"황송할 따름이네요. 제가 주인님을 사모했다는 이야기까진 믿을 수도 있겠지만 신분이 너무나 다른걸요. 일개 종자인 저 따위를 주인님이 바라봐 주시기나 하겠어요?"

슈니는 눈을 감고 가슴에 손을 모으며 그렇게 말했다.

주제넘는 소리. 마치 그렇게 말하는 것 같은 태도였다.

"이미 닭살 돋는 장면을 여러 번 연출하셨는걸요. ― 사람 마음도 모르고."

티에라는 가볍게 말하려다가 끝내 참을 수가 없었는지 무심결에 투덜거리고 말았다. 속삭이는 정도의 작은 목소리였지만 그것이 슈니의 귀에도 들린 것 같았다.

"그런가요. 아직은 확신이 없지만 당신도…… 그런 거네요?"

"아! 저기, 그게…… 네에."

슈니의 질문을 받은 티에라는 한참이 지나고 나서야 기어들어가는 목소리로 대답했다.

그 말을 들은 슈니는 들고 있던 뒤집개를 내려놓더니 무표정하던 얼굴에 희미한 미소를 지으며 티에라를 살며시 끌어안았다.

"마음이 따뜻하네요."

"……네? 저, 저기……."

슈니는 티에라가 마음만 먹으면 쉽게 떨쳐낼 수 있는 힘으로 끌어안으며 작게 말했다.

"필마 씨와 슈바이드 씨의 이야기를 들어보니 저는 주인님께 나름대로— 라고 해도 될지는 모르겠지만, 어쨌든 호감을 얻었다고 판단했어요. 당신이 주인님을 좋아한다면 제가 기억을 잃은 지금이야말로 자기 마음을 어필할 절호의 기회잖아요. 그런데도 당신은 당신 나름의 방법으로 제 기억을 찾아주려 하고 있어요. 주인님에 대한 마음을 잠시 접어두면서까지 저를 걱정해주고 있어요. 예전의 저는 당신이 그런 사람이라는 걸 알고 구해준 건지도 모르겠네요."

"아니요. 저기, 거기까지 생각했던 건……."

티에라는 슈니에게 안겨 어쩔 줄 몰라 하고 있을 뿐이었다.

"죄송해요. 저도 모르게 몸이 움직여버렸네요. 기억이 지워졌어도 몸은 기억하고 있는 걸까요?"

"사과 받을 일은 아니에요! 오히려 저는 스승…… 슈니 씨에게 은혜를 입은걸요!"

"스승님이라고 불러도 괜찮아요. 그런 호칭이 반사적으로 입에서 나올 만큼 오랜 시간을 함께 보낸 거겠죠?"

"네, 네. 고맙……습니다."

티에라의 마지막 말이 희미하게 떨렸다.

슈니와 티에라가 어떻게 처음 만났는지는 신도 알지 못했다. 티에라가 전에 말한 것처럼 슈니를 존경하는 동시에 그녀에게 받은 은혜를 잊지 못하는 것이리라.

티에라의 감정이 진정된 뒤로는 요리가 순조롭게 진행되었다. 슈니의 솜씨도 그대로였기에 작업이 정체될 요소는 거의 없었다.

참고로 이야기를 몰래 듣게 된 신은 나설 타이밍을 완전히 놓친 상태였다. 잠깐 상태를 보러 왔다가 예상 밖의 전개로 흘러간 것이다.

"메뉴는 햄버그네."

"으음, 냄새가 좋구려."

고기 굽는 냄새에 이끌려 뒤늦게 나타난 필마와 슈바이드도 신의 옆에 나란히 서서 요리 중인 슈니와 티에라를 관찰하기 시작했다.

"그러고 보니 나와 슈니가 재회한 날 저녁에도 햄버그를 먹었는데."

신이 불쑥 중얼거렸다.

"흐음, 티에라 공의 제안 아니겠소?"

"잘은 모르겠지만 티에라도 함께 만드니까 그럴 가능성도 있겠지."

"기억에 인상적으로 남은 요리로 기억을 자극하려는 걸

까?"

세 사람은 그런 이야기를 나누며 요리하는 모습을 지켜보았다.

그것을 아는지 모르는지 슈니와 티에라는 묵묵히 요리를 계속했다.

그때 마침 여러 방면에서 답장이 왔다.

"어이쿠, 난 잠깐 빠져야겠네."

히비네코를 비롯한 전 플레이어들은 『망각의 저편』 이벤트에 별로 관심이 없어서 참가하지 않았다고 한다. 다만 각자 알아봐 주겠다는 추신이 딸려 있었다.

베레트는 『백향의 감로』를 상품으로 취급하지 않기 때문에 이제부터 찾아봐 주겠다고 했다.

비지는 라슈감으로 돌아가 있다고 한다.

참고로 함께 있던 빌헬름에게는 베일리히트 왕국 근처, 달의 사당의 예전 위치가 등록된 전송 결정석을 건네준 상태였다. 해미를 데려다준 뒤에 그것을 사용해 베일리히트로 돌아갔다고 한다.

비지의 라슈감은 지금 마침 대륙 중심 부근을 날고 있고 바로 출발하면 되느냐는 질문이 메시지에 담겨 있었다.

지금 출발한다면 도착할 즈음엔 날이 저물 것이다. 드래곤이 야간에 비행하는 것은 위험하니까 라슈감으로 이동한 뒤 내일 아침에 출발해달라는 답장을 보냈다.

비지는 신의 은폐 공작을 간파할 수 없을 테니 근처까지 오면 다시 연락을 달라고 덧붙였다.

마지막 답장을 보내는 것과 거의 동시에 햄버그가 완성된 것 같았다.

"좋아. 그러면 모두를 불러올…… 지금 거기서 뭐 하시는 거예요?"

요리가 거의 완성되어 동료들을 불러오려고 뒤로 돌아선 티에라와 필마, 슈바이드의 눈이 마주쳤다.

부엌으로 이어지는 통로 뒤에서 훔쳐보던 필마와 슈바이드, 그리고 그 뒤에서 마침 티에라 쪽으로 돌아서던 신까지.

앞치마를 벗으려던 티에라는 세 사람을 어처구니없다는 듯이 바라보았다.

신은 일단 뭐라도 말해야겠다 싶어서 이미 알고 있는 식사 메뉴에 관해 묻기로 했다.

"응, 나도 그게 기억에 남았거든. 혹시라도 무슨 반응을 보이실지도 모르잖아. 뭐, 내 실력으로는 스승님이 심혈을 기울여 만든 요리를 이기진 못할 테지만."

기억을 잃은 탓에 슈니의 요리 솜씨가 약간 무뎌진 모양이었다. 하지만 티에라로서는 도저히 상대가 되지 않는 수준이었다.

신 일행은 기억이 돌아올 가능성은 낮다고 생각하면서도 일말의 희망을 안고 자리에 앉았다.

"그러면, 잘 먹겠습니다."

"잘 먹겠습니다."

모두의 목소리가 정확히 겹쳐졌다. 신은 슈니가 이런 인사말도 잊어버렸을 거라 생각했지만 슈니는 자연스럽게 양손을 맞대고 있었다.

신이 그에 대해 묻자 슈니는 의아하다는 표정을 지었다.

"모르겠네요. 하지만 저도 모르게 입에서 나왔는걸요."

기억이 완전히 사라지지 않았다는 희망을 갖게 하는 사건이었다.

"스승님, 맛은 어때요?"

"네, 충분해요. 이 정도면 다들 맛있게 먹을 거예요."

햄버그를 먹은 필마와 슈바이드는 각자 맛있다는 감상을 이야기했다.

실제로도 제법 맛있었지만 신은 약간 부족하다는 느낌이 들었다. 아무래도 티에라 역시 같은 생각인 듯했다.

슈니의 햄버그를 먹은 지 꽤나 오랜 시간이 지났기에 단순히 기분 탓인지도 모른다. 하지만 아무리 생각해봐도 뭔가가 부족했다.

"뭐 생각나시는 건 없으세요?"

"……미안해요. 아무것도 없네요."

"그런……가요. 뭐, 저도 그럴 거라 생각했어요. 간단히 돌아올 거면 아이템이 무슨 필요겠어요!"

티에라는 티나게 억지로 밝은 척을 하고 있었다.

그것을 본 신도 일부러 익살스럽게 말을 받았다.

"그러게. 이걸로 회복됐으면 사람들한테 또 메시지를 보내야 할 뻔했어."

신은 화제를 바꾸기 위해 별것 아닌 주제로 말을 이어나갔다.

다른 이들도 호응하면서 식탁이 침묵에 휩싸이는 사태만은 피할 수 있었다.

"잘 먹었습니다."

식사를 마친 신 일행은 내일 이동을 준비하기로 했다.

하지만 아직 늦은 점심을 먹은 시간일 뿐이었다. 잠자리에 들기에는 너무 일렀기에 각자 자유롭게 시간을 보냈다.

모두와 헤어진 신은 다른 아이템으로 『백향의 감로』를 대체할 수 있는지 확인하기 위해 대장간 옆에 있는 연성실에 와 있었다.

모양이 비슷하거나 채취 지역이 동일한 아이템을 골라 『인연의 성부』와 똑같이 제작해보았다. 저녁을 먹기 위해 잠시 중단한 것을 제외하면 내내 연성실에만 처박혀 있었다.

"주인님? 아직도 깨 있었나요?"

"응?"

골라낸 재료에서 성분을 추출하던 신의 등 뒤에서 조심스러운 목소리가 들려왔다. 돌아보자 잠옷 위로 가운을 걸친 슈니가 있었다.

"왜? 무슨 일이라도 있어?"

"아니요. 이제 밤도 늦었으니 그만 쉬시는 게 좋을 것 같아서요."

신은 작업을 재개한 지 얼마 안 되었다고 생각했지만 시간을 확인하니 이미 자정이 넘어 있었다.

저녁을 먹기 전까지도 그랬지만 너무 집중한 탓에 시간이 가는 줄도 모르고 있었다.

"전혀 몰랐어. 그래서 중간에 유즈하가 그만 잔다고 한 거구나."

한동안 작업을 지켜보던 유즈하가 졸리다며 방으로 돌아간 것이 새삼스레 기억났다.

"너무 무리하면 몸에 좋지 않아요. 저보다도 주인님 건강을 더 생각하셔야죠."

"아니, 그럴 순 없어."

조심스럽게 타이르는 슈니에게 신이 바로 대답했다. 그것만큼은 물러설 수 없었던 탓이다.

"안 돼요. 그만 쉬세요."

"조금만 더 하고 잘게."

"……그러면 저도 같이 있겠습니다."

이대로 방치해두면 언제까지 계속할지 알 수 없었다. 슈니는 그렇게 판단했는지 방구석에 놓인 의자에 앉았다.

신이 작업을 끝낼 때까지 움직이지 않을 작정인 듯했다.

"먼저 가서 자도 되는데."

"주인님을 놔두고 저 혼자 먼저 잘 순 없어요."

슈니는 결심을 굳혔는지 신이 아무리 말해도 의자에서 일어나려 하지 않았다. 그러자 신이 먼저 항복할 수밖에 없었다.

"그러면 방으로 가시죠. 함께 가겠습니다."

"아니, 방에 가는 건데 뭐. 혼자라도 괜찮아."

"가는 척하다가 연성실로 돌아오면 안 되니까요."

"그렇게까진 안 한다니까 그래……."

슈니는 시간이 가는 것도 잊고 작업에 몰두하던 신의 말을 믿지 못하는 모양이었다.

"저는 일개 서포트 캐릭터일 뿐입니다. 저보다 중요한 건 주인님의 건강이에요. 저 따위의— ."

"그렇지 않아!"

신의 말에 힘이 들어갔다.

밤이라서 큰 소리를 내진 않았지만 말에 담긴 강한 마음을 느꼈는지 슈니는 더 이상 반박하지 못했다.

"슈니가 기억하지 못해도, 설령 완전히 잊어버렸다고 해도, 난 슈니가 내게 준 마음을 똑똑히 기억해. 슈니가 어떤 마음으로 나를 기다려줬는지 나는 상상조차 할 수 없겠지만 굉장히 힘들고 괴로웠다는 건 알아. 나는 아직 그 마음에 보답하지 못했어. 그런데 어떻게 아무것도 하지 않을 수 있겠어? 너를 위해서라면 얼마든지 무리할 거야! 내 우선순위는 네가 더 위야!"

슈니의 말도 어느 정도는 옳았다. 하지만 신은 그것을 도저히 견딜 수 없었다.

일방적인 행동이라는 것을 알면서도 슈니의 어깨를 움켜쥐며 자신의 마음을 계속 털어놓았다.

다른 사람이 없기 때문일 수도 있고 작업에 너무 몰두하느라 지쳐서 자제심을 잃은 건지도 몰랐다. 신은 스스로 놀랄 만큼 자신의 마음을 있는 그대로 쏟아냈다.

슈니는 연성실 구석에 서 있었기에 더 이상 물러설 곳이 없었다. 게다가 신도 마치 슈니를 놓치지 않겠다는 듯이 강하게 붙잡고 있었다.

마음만 먹으면 그대로 입술을 빼앗을 수 있는 거리에서의 고백 아닌 고백에, 이번만큼은 슈니도 무표정을 유지하지 못했다.

"아, 알겠습니다. 저기, 그게, 그러니까…… 너무 가까워요……."

"어, 어어…… 미안. 조금 흥분했나 봐."

뺨을 붉히며 고개를 살짝 숙인 채로 슈니가 말하자 신은 다급히 뒤로 물러났다.

"……흠. 주인님이 전에 저를 어떻게 생각하셨는지는 잘 알

앉어요. 그렇다면 더더욱 자신을 소중히 여겨주세요. 저 때문에 주인님이 계속 무리하셨다는 걸 알게 되면, 기억을 잃기 전의 저는 분명 스스로를 책망할 테니까요."

"그렇……겠지. 알았어. 너무 무리하진 않을게."

"부탁드리겠습니다. 그럼 안녕히 주무세요."

슈니는 가볍게 고개를 숙인 뒤 자기 방으로 돌아갔다. 신의 방까지 따라오겠다는 말은 지켜지지 않을 모양이다.

재빨리 멀어져가는 슈니의 뒷모습을 지켜본 뒤 신도 자기 방을 향해 걸어가기 시작했다.

"— 휴우."

신과 헤어지고 방에 돌아온 슈니는 방문을 닫자마자 문에 등을 기댄 채로 스르륵 주저앉았다.

"역시…… 기억이 완전히 사라지진…… 않은 거군요."

그녀의 입에서 나오는 말은 중간중간 끊어졌다. 잠시 심장 위에 오른손을 얹고 숨을 골랐다.

지금의 슈니는 신에게 특별한 호감을 느끼지 못했다. 창조주에 대한 경외심은 당연히 존재했고 그의 말이라면 뭐든 따를 테지만 좋아하거나 사랑하는 감정과는 거리가 멀었다.

"기억을 잃었는데도 이럴 정도면 대체 얼마나 깊이 빠져 있었던 걸까."

어처구니없다는 웃음이 새어 나왔다. 기억도 나지 않는 예전 감정은 아직 실감이 나지 않지만, 막상 이 정도로 몸이 반응하는 것을 보니 믿지 않을 수 없었다.

신이 자신을 밀어붙였을 때 슈니의 심장은 그 어느 때보다 빨리 뛰었다. 그녀의 마음은 호흡마저 힘들 정도의 놀라움과 환희의 감정으로 가득 차 있었다.

그의 말이 얼마나 기쁜 건지, 기억을 잃기 전의 자신에게 물어보고 싶을 만큼 가슴이 뜨거웠다.

그래서 생각했다.

지금의 자신은 필요 이상으로 신에게 다가가선 안 된다고 말이다.

"주인님의 곁에 있어야 하는 건 기억을 잃기 전의 나……."

지금의 자신은 잠깐의 환상 같은 존재다. 언젠가는 사라지는 것이다. 그러니 마지막까지 일개 종자로서 주인을 섬기자.

"빨리…… 돌아와 줘요."

슈니는 그녀 속 어딘가에 있을 또 다른 자신에게 말을 건넸다.

몸의 열기가 식을 때까지는 시간이 좀더 필요할 것 같았다.

성부를 찾아서 | Chapter 2

다음 날 아침. 먼저 잠든 유즈하보다 빨리 눈을 뜬 신은 세면대에서 세수를 한 뒤 부엌으로 향했다.

슈니와 티에라는 이미 일어나 있었고 아침 준비도 거의 끝난 상태였다.

"……일어나셨어요."

"그래, 좋은 아침."

슈니는 어제 아무 일도 없었다는 듯이 무표정하게 인사했다. 신도 최대한 평소처럼 보이려고 노력하며 대답했다.

"……."

"……."

슈니의 무표정한 얼굴 탓인지 은연중에 신을 압박하는 것처럼 보이기도 했다. 신은 무슨 말을 해야 할지 난감했다.

"저기…… 무슨 일 있었어?"

말없이 마주 보는 두 사람을 보며 티에라가 고개를 갸웃거렸다.

모두가 기상해서 식사를 마쳤을 때 비지에게서 근처까지 왔다는 연락이 왔다.

"비지가 곧 도착한다니까 마중 나갔다 올게."

"특별히 할 일도 없으니까 나도 갈게."

"나도 가겠소."

설거지를 하던 슈니와 티에라에게 짧게 알리며 신, 필마, 슈바이드는 밖으로 나왔다. 잠시 뒤 미니맵에 비지의 반응이 나타나자 세르슈토스의 은폐 기능을 일시적으로 풀었다.

이리저리 헤매던 비지의 반응이 그제야 신 쪽을 향해 방향을 바꾸었다.

그로부터 5분도 지나지 않아 비지를 태운 엘더 드래곤이 달의 사당 앞에 착륙했다.

지난번과 마찬가지로 각기 다른 색의 엘더 드래곤 다섯 마리를 데리고 있었다.

"안녕하세요~. 이번에 꽤나 안타까운 일이 생겼다면서요~."

"안타깝게 생각하는 사람처럼은 안 보이는데 말이지."

여전히 늘어지는 말투로 인사하는 비지에게 신도 쓴웃음을 지으며 손을 흔들었다. 아무리 해도 긴장감이 풀어질 수밖에 없었다.

"그래도 서둘러 와줘서 다행이야."

"아뇨, 아뇨~ 마침 한가하던 참이었거든요~. 그래서~ 바로 이동하실 건가요~?"

라슈감도 이곳을 향해 이동해오고 있었다. 풍향이 좋진 않았지만 밤까지는 도착할 수 있다고 한다.

신 일행은 이곳에서 딱히 할 일도 없었기에 바로 라슈감에 가기로 했다. 달의 사당을 펜던트로 바꾸어 수납한 뒤 각자 엘더 드래곤에 탑승했다.

신, 필마, 슈바이드는 혼자서 탔고 슈니와 티에라만 함께 탑승했다. 티에라는 지난번의 경험을 살려서 엘더 드래곤에 타기 전에 방한용 웃옷을 걸쳤다.

"그러면 출발할게요~!"

비지의 구호에 맞춰서 엘더 드래곤이 크게 날갯짓했다. 그리고 잠시 도움닫기를 한 뒤 단숨에 하늘 높이 날아올랐다.

세르슈토스의 은폐 기능은 비지가 도착한 직후 복구한 상태였다.

만약 누군가가 세르슈토스 쪽을 보고 있었다면 아무것도 없는 공간에서 신 일행이 갑자기 나타난 것처럼 보였으리라.

"이대로~ 쭉 라슈감까지 갈게요~."

"그래, 잘 부탁해."

엄청난 바람 탓에 대화가 힘든 상황이었지만【에어리어 사일런스(무음 공간)】와 바람 마법을 조합해서 평소 같은 목소리로 이야기할 수 있었다.

전에 베일리히트에서 지그루스로 이동할 때 불편했던 탓에 활용할 만한 스킬 조합을 미리 고안해두었던 것이다.

평원을 넘은 뒤로는 약간의 산맥과 삼림 지대가 보였고 비행 몬스터와 조우하기도 했다.

대부분은 엘더 드래곤을 두려워해서 접근하지 않았지만 드물게 무리 지어 습격하는 몬스터도 있었다.

그런 몬스터들은 신이 앞에 나서서 날려버렸다. 쓰러뜨릴 목적이 아니었기에 바람 마법으로 길을 만들어 그곳을 단숨에 가로질렀다.

사실 엘더 드래곤들은 신이 마법 부여를 걸어주었기에 몬스터와 충돌하더라도 멀쩡한 상태였다.

바람에 날린 몬스터들 일부는 지상으로 추락했지만 갈 길이 바빴기에 아이템을 회수하지는 않았다.

이동 중에 잠깐 땅에 내려서서 점심을 먹고 다시 바로 날아올랐다. 딴 길로는 새지 않았다.

그런 식으로 최대한 속도를 중시한 덕분에 신 일행은 해가 기울기 시작할 무렵 라슈감에 도착할 수 있었다.

"성이…… 하늘에 떠 있어……."

라슈감을 본 티에라의 입에서 멍한 중얼거림이 흘러나왔다.

이야기로는 많이 들었지만 실제로 보니 그 요상함에 놀라지 않을 수 없었으리라.

그렇다. 위용이 아닌 요상함이었다.

신은 이제 익숙해져서 무덤덤했지만 처음 완성되었을 때는 어린아이처럼 기뻐했다.

라슈감은 성과 그 주변 토지를 둥글게 파내어 공중에 띄워

놓은 모양을 하고 있었다.

중앙에는 마천루 같은 거대한 성이 솟아 있어서 지상에서 올려다봐도 땅뿐만 아니라 성이 떠 있다는 것을 알 수 있었다.

외벽에는 포대 외에도 얼핏 봐서는 존재 이유를 알기 힘든 돌기와 부유물들이 있었다.

그리고 지하 부분은 산을 거꾸로 뒤집은 듯한 모양이었다.

얼핏 봐선 작은 충격에도 무너질 것 같지만 키메라다이트로 단단하게 코팅되어 있었다.

게다가 지상을 공격하기 위한 병기까지도 준비되어 있었다.

플레이어들 사이에서 공중 요새라는 이름으로 불린, 현실에서는 존재할 수 없는 초병기가 다름 아닌 6식 천공성 라슈감인 것이다.

"어라? 음, 뭔가 소란스럽지 않아? 그리고 저기 봐봐. 드래곤이 엄청나게 많은데……."

티에라가 가리킨 곳을 돌아보자 스무 마리는 족히 넘는 드래곤들이 브레스와 마법으로 싸우고 있었다.

자세히 살펴보니 적어도 두 세력으로 나뉜다는 것을 알 수 있었다.

라슈감의 방어 장벽을 통과해 유유히 날아다니는 드래곤과, 그에 가로막혀 안으로 들어가지 못하는 드래곤으로 나뉘

었기 때문이다.

여유롭게 날아다니는 전자는 숫자는 적지만 몸집이 큰 엘더 드래곤이었다.

반면 장벽에 가로막히며 엘더 드래곤에 의해 조금씩 숫자가 줄어드는 후자는 와이번, 즉 앞다리와 날개가 일체화된 드래곤이었다.

"괜찮을 테지만 일단 도우러 가는 게 좋으려나?"

"아뇨, 아뇨~. 가만 놔둬도 금방 끝날 테니까 괜찮아요~. 저희는~ 휩쓸리지 않도록 성 뒤쪽으로 착륙하죠~."

비지는 라슈감을 자신들의 영역으로 삼기 위해 다른 지역의 비행 몬스터들이 공격해온다고 말했다.

당연히 야생 몬스터는 라슈감에 들어올 수 없었다. 그럼에도 성 자체가 마력을 띠고 강력한 결계로 보호되는 라슈감은 몬스터, 특히 드래곤들에게 매력적으로 보여서 시비를 걸어올 때가 많다고 한다.

"승산이 없을 텐데."

"네~. 게다가~ 저희에게 엘더 드래곤만 있는 건 아니거든요~."

결계가 없더라도 고레벨 엘더 드래곤의 둥지에 웬만한 몬스터가 쳐들어온다고 해서 이길 수 있을 리가 없었다. 지금도 와이번 세 마리의 브레스를 엘더 레드 드래곤 한 마리가 한꺼번에 받아치고 있었다.

와이번의 레벨은 400~500이었다. 엘더 드래곤은 600~700
이었고 카게로우 같은 특수 개체라도 있으면 그보다 더욱 높
아질 것이다.

일반적으로 생각했을 때 어지간한 물량으로 공격하지 않는
한 승산이 없었다.

게다가 비지는 그보다 강한 몬스터가 있다는 것을 넌지시
알려주었다. 신은 와이번이 약간 가엾게 느껴지기까지 했다.

"우와…… 저게 뭐야."

드래곤들의 싸움을 계속 지켜보던 티에라의 입에서 충격인
지 경악인지 모를 중얼거림이 흘러나왔다.

그녀가 바라본 곳에서는 라슈감에서 뻗어 나온 금색 섬광
이 와이번을 소멸시키고 있었다.

"에인션트 드래곤까지 있는 건가……."

금색 브레스는 에인션트 드래곤 혹은 그 이상의 상위 몬스
터가 내뿜는 공격이었다.

에인션트 드래곤의 레벨은 {최소} 800이다.

와이번에게는 절망적인 수준의 레벨 차였다.

"여기, 우리가 있을 때보다 더욱 위험해진 것 같은데."

신은 결계를 통과해 라슈감으로 강하하면서 그런 혼잣말을
했다.

†

"여기는 정비사가 있어서 기능이 완벽히 유지되고 있군."

엘더 드래곤에서 내려 주위를 둘러보던 신이 그렇게 중얼거렸다.

팔미락과 세르슈토스도 정비 불량으로 중대한 문제가 일어난 것은 아니었다. 하지만 이곳 라슈감은 지상부의 환경 유지까지 완벽히 이뤄지고 있었다.

고도가 높은데도 추위를 느끼거나 호흡이 불편하지 않은 것은 공기 조절 기능이 작동한다는 증거였다. 드래곤들이 살기에도 꽤나 쾌적할 것이다.

"이쪽이에요~."

신 일행은 비지의 안내를 받아 성의 정면으로 향했다.

걸어가면서 신이 귀를 기울여봐도 전투음은 들려오지 않았다. 상대를 쫓아냈거나 전멸시킨 것이리라.

미니맵을 확인해보자 역시나 와이번의 반응은 없었다.

"저기, 저건 설마……."

성의 입구로 향하는 도중에 티에라가 무언가를 발견하고 말을 꺼냈다.

신이 티에라의 시선을 따라가자 라슈감의 평지 부분— 자연 환경도 필요하다는 의견하에 만들어진 지역— 에서 다양한 색의 무언가가 꿈틀거리고 있었다.

"오오, 굉장하군."

신은 지금 라슈감이 어떻게 불리는지 떠올리며 납득한 듯이 말했다. 그들이 본 것은 레벨과 종류가 모두 제각각인 드래곤형 몬스터들이었다.

동양식 용처럼 몸통이 긴 유형부터 서양식 용처럼 육중한 네 다리를 가진 유형까지, 마치 드래곤 박람회 같았다.

자세히 보니 와이번도 섞여 있었지만 이번에 공격해온 것은 다른 개체일 것이다.

"고, 공격해오거나 하진 않겠죠?"

"네~. 괜찮아요~. 다들 순하거든요~."

긴장하는 티에라에게 비지가 여전히 늘어지는 말투로 대답했다.

그중 몇 마리는 신 일행을 발견했는지 고개를 높이 든 채 바라보고 있었다.

하지만 비지가 함께 있자 적이 아님을 알았는지, 이내 관심을 잃고 잠에 빠져들거나 하늘로 날아오르는 드래곤이 대부분이었다.

"티에라도 이제 일방적으로 당하는 입장은 아니지 않아?"

"맞소. 저 중에 몇 마리는 티에라 공도 충분히 해치울 수 있을 것이오."

"그럴지도 모르지만 역시 무서운걸요."

티에라의 능력치가 앞선다 해도 최근 들어 급격히 강해진 것이니, 그녀에게 드래곤은 지금도 강한 존재로 보일 것이다.

그러니 다양한 종류의 드래곤들이 자유롭게 방목되는 광경을 보고 겁에 질릴 수밖에 없었다.

"어라? 이쪽으로 다가오네……."

경직된 얼굴로 드래곤들을 지켜보던 티에라가 걸음을 멈추었다.

다른 일행도 그녀를 따라 같은 곳을 돌아보자 무리 안에서 회색 털에 싸인 폭신폭신한 무언가가 이리저리 비틀거리며 접근해오고 있었다.

"어머~?"

그것을 본 비지가 의아하다는 듯이 고개를 갸웃거렸다. 제지하지 않는 것을 보면 위험하진 않은 것 같았다.

자세히 보니 그 털북숭이 역시 드래곤이었다. 다만 꼬리를 포함해도 갓 태어난 강아지 정도로 몸집이 아주 작았다.

아직 눈도 제대로 뜨지 못하는 것 같았다. 걸음걸이가 불안한 것도 그 탓이었다.

그런 미니 드래곤이 이리저리 비틀거리면서도 슈니의 발밑까지 똑바로 걸어왔다.

그리고 당황하는 슈니의 발에 얼굴을 비벼대기 시작했다.

"저기……?"

"오~ 별일이네요~. 몽환룡(夢幻龍) 새끼가 사람에게 다가오는 경우는 아주 드물거든요~."

"어째서…… 저일까요?"

"이 아이의 어미를~ 슈니가 찾아서 보호했거든요~. 새끼가 따르는 이유는 저도 몰라요~."

어미 쪽은 슈니와 인연이 있는 듯했다.

자세히 들어보자 슈니가 의뢰받은 재료를 모으기 위해 몬스터를 해치우다가 근처에 쓰러져 있는 어린 몽환룡을 발견했다고 한다.

몽환룡은 온화한 성격의 드래곤이었기에 슈니는 치료를 해주고 비지와 상담을 했다. 그 인연으로 라슈감에 오게 된 것이다.

어미 용은 슈니가 구해준 것을 알았는지 무척이나 잘 따랐다고 한다.

"모처럼 만났는데~ 같이 놀아주면 어때요~?"

"하지만 용무를 서둘러야 하지 않을까요?"

"우리는 먼저 가 있을게. 많은 사람이 필요한 작업은 아니잖아."

신은 망설이는 슈니에게 드래곤을 우선해도 된다고 말해주었다.

비지의 조언에 따라 슈니는 조심스레 미니 드래곤을 쓰다듬었다. 그러자 이번에는 슈니의 손에 얼굴을 비벼댔다.

"몽환룡 새끼는 성체하고 전혀 다르구나."

신은 슈니에게 애교 부리는 새끼를 보고 조금 놀라며 말했다.

"저도 처음 봤을 때는 얼마나 놀랐다고요~."

몽환룡은 원래 안개나 연기가 용의 형태를 이룬 몬스터로, 길들이지 않는 이상 만질 수도 없었다.

"저기, 이 아이를 어떻게 하면 될까요?"

새끼 몽환룡은 슈니의 손에 앞발을 콩콩 맞대며 놀고 있었다.

누가 봐도 흐뭇한 광경이었지만 신 일행도 예정이 있었기에 이곳에 계속 있을 수는 없었다.

"어미가 돌아올 때까지 슈니가 돌봐주도록 해."

"하지만……."

"세르슈토스 때도 시간이 그렇게 많이 걸리진 않았잖아. 흔한 일은 아니라니까 잠깐 기분을 전환하는 것도 괜찮지 않을까?"

"그야 확실히 떼어내기가 쉽진 않지만요……."

슈니가 멀어지려고 하면 슬픈 소리로 울었기에 나쁜 짓이라도 한 것 같은 죄책감이 느껴졌다.

많은 인원이 필요한 작업도 아니었기에, 신은 어미가 나타났을 때를 대비해서 비지도 남아 있게 했다. 유즈하도 미니 드래곤에게 흥미가 있는지 신의 어깨에서 내려왔다.

신은 유즈하도 슈니에게 맡겨두고 갈 길을 서둘렀다. 안내 없이도 라슈감의 구조는 속속들이 알고 있었다.

"아, 마침 래스터가 왔군."

신은 성에서 접근해오는 기척을 느끼고 걸음을 멈추었다.

현재 라슈감에는 비지와 래스터밖에 없었기에 다가오는 사람은 분명 래스터였다.

두 광점이 겹쳐 보이는 것은 무언가에 타고 있기 때문일 것이다.

잠시 기다리자 한 청년이 소형 드래곤을 타고 신 일행 앞에 나타났다. 『육천』의 일원 『푸른 기술사(奇術士)』 카인의 부하인 래스터 제이였다.

머리에 두른 반다나에서 이따금 엿보이는 은회색 머리카락과 적갈색 피부가 특징적인 20대 초반 외모의 하이 로드였다.

상위 종족이긴 해도 능력치가 DEX에만 치중되어 있어 실질적인 전투력은 높지 않다. 대신 도구를 활용한 아군 지원이 특기였다.

"정말~ 왜 이제야 오는 거예요~?"

"아아, 미안함다. 몽환룡 알이 부화했는데 정작 새끼가 행방불명임다. 신 님이 오신 걸 알았지만 찾지 않을 수도 없었슴다."

"새끼?"

연신 고개를 숙이는 래스터의 말을 듣고 신 일행의 시선이 일제히 슈니를 향했다. 슈니는 몽환룡 새끼를 끌어안고 있었다.

그 옆에서 1메르 정도로 커진 여우 유즈하가 신기하다는 듯이 새끼 몽환룡을 들여다보고 있었다.

"어디 갔나 했더니 이런 곳에 있었습까……. 걱정했습다."

신 일행의 시선을 따라간 래스터는 긴장이 풀린 것처럼 크게 한숨을 쉬었다.

"어쨌든 잘 해결돼서 다행이네."

한참을 조마조마했다며 가슴을 쓸어내리는 래스터에게 신이 위로의 말을 건넸다.

신도 경험해본 적이 있지만, 이런 종류의 사고는 꼭 한꺼번에 몰려서 벌어지는 법이다.

"정말임다! 어미도 걱정하고 있습다. 게다가 저희는 신 님을 마중 나가야 해서 정말로 정신이 없었습다!"

황송해하는 래스터에게 신은 신경 쓰지 말라고 말해주었다.

"그러면 뒷일은 부탁하겠습다. 아, 비지가 함께 있으면 어미가 와도 공격하진 않을 겁다. ……슈니 누님이 계시면 공격당해도 괜찮겠지만 말임다."

"쓸데없는 말을 하는 버릇이 있나 보네요. 그런 일이 생기면 철저히 방어만 해야겠죠."

래스터의 말에 따르면 새끼가 사라져서 어미 용의 신경이 곤두섰다.

원래는 기척으로 새끼의 위치를 알 수 있지만 라슈감에는 드래곤이 많다 보니 희미하게 느껴지는 모양이다.

하지만 완전히 지워지는 것은 아니었기에 조금만 기다리면 어미가 모습을 드러낼 거라고 했다.

"창고는 저와 비지가 자재를 출납하느라 썼을 뿐이고, 『육천』 여러분의 아이템에는 손을 안 댔슴다."

각자의 사용 공간과 라슈감의 보수용 자재는 별도로 구분되었기에 신 일행의 아이템을 유용한 적은 없다고 한다.

다만 입수가 쉽지 않은 재료도 많이 필요하다 보니 이제는 재고가 거의 없는 모양이었다.

"그러면 나중에 생성기에 쌓여 있는 자재로 보충해줄게. 단, 먼저 목록을 확인해줬으면 좋겠어."

"물론임다! 보충해주시는 것만으로 충분함다. 정말로 감사함다!"

래스터는 그렇게 말하며 고개를 숙였다.

보수용 자재는 베레트에게서 구매하거나 드래곤들과 함께 구하러 가곤 했다고 한다.

그러나 최상급 키메라다이트와 『계의 물방울』처럼 극소량의 필수 재료는 추가로 구할 방법이 없었으리라.

대용품을 사용할 경우 질이 많이 떨어져서 전체적인 기능이 저하되기 때문에 지금껏 고민해온 모양이었다.

"그러고 보니 【창련(創鍊)】은 아직 배우지 못했나 보네."

"필요한 숙련도는 이제 얼마 남지 않았지만 신 님도 아시다시피 이 정도 수준까지 올라오면 키메라다이트라도 다루지 않는 이상 잘 안 오릅디다. 하지만 자재가 워낙 부족하다 보니 수련할 기회도 없습디다."

자세한 수치를 물어보니 이제 조금만 더 올리면 【창련】을 습득할 수 있었다.

이 정도 숙련도라면 상위 재료를 다루지 않는 이상 상승률이 극단적으로 미미해진다.

숙련도를 올리기 위해 수련할 때는 재료를 망가뜨리는 경우가 많았기에 래스터도 섣불리 시도하지 못했던 것이리라.

키메라다이트는 오리할콘과 미스릴을 비롯한 희귀 금속으로 만들어진다.

그것들은 이 세계에서 전부 고가로 거래되는 재료였다. 숙련도를 올리기 위해 그런 물건을 희생시키는 것은 게임에서나 가능한 일이었다.

"그러면 보수용과는 별도로 수련용 아이템도 제공해줄게. 생성기가 열심히 활약해주면 제법 무시할 수 없는 숫자가 만들어질 거야. 얼마나 필요해?"

달의 사당에는 쌓이고 쌓인 아이템이었다. 신은 이럴 때라도 활용해야겠다 싶어서 래스터에게 제안했다.

"저, 저, 정말임까?! 역시 카인 님과 같은 하이 휴먼 님답습디다. 정말 감사드리고 또 감격했습디다! 필요한 아이템 양은 나중에 계산해서 알려드리겠습디다."

고마워서 어쩔 줄 모르는 래스터를 진정시키고 창고에 도착한 신은 목록을 확인하기 시작했다.

세르슈토스 때처럼 구석구석까지 찾아보고 한 번씩 더 확인해봤지만 찾는 물건의 이름은 어디에도 없었다.

"없는 건가……."

"신……."

"괜찮아. 아직 희망은 있어."

신은 걱정하는 티에라에게 웃어 보였다.

팔미락의 창고는 아직 확인하지 않았다. 다만 세르슈토스와 라슈감의 창고에 이벤트 관련 아이템이 거의 없는 것을 보면 팔미락도 그럴 가능성이 농후했다.

『육천』 멤버들은 길드하우스 외에도 달의 사당 같은 홈을 갖고 있었다.

하지만 그쪽은 아무래도 건드릴 수가 없었다. 다른 멤버들은 대부분 필요할 때가 아니면 홈을 밖으로 내보내지 않았기 때문이다.

쿳쿠의 홈인 시우옥은 남아 있지만 조지에게 확인한 결과 그런 아이템은 없다고 했다. 쿳쿠는 요리와 상관없는 아이템을 남겨두지 않는 성격이었기에 어쩔 수 없었다.

"……그렇다면 가든에는 있으려나?"

"가든?"

"약초 재배와 촉매 생성용 시설을 갖춘 길드하우스거든. 헤카테라는 하이 휴먼이 담당하던 곳이야. 지금은 조금 위험한 지역으로 변한 것 같지만."

신은 티에라에게 설명하며 생각했다.

『백향의 감로』는 리리 · 오키드라는 식물에서 채취할 수 있었다.

식물과 관련된 재료라면 가든에 저장되어 있을 법했다. 적어도 다른 길드하우스보다는 확률이 높을 것이다.

그동안 계속 방치해두었기에 이번 기회에 가보는 것도 나쁘지 않을 것 같았다.

"이참에 팔미락을 먼저 보고 오자."

이미 한번 방문해봤기 때문에 라슈감에서 바로 팔미락으로 순간 이동할 수 있었다. 팔미락은 현재 신이 주인으로 등록되었기에 바로 창고까지 가는 것도 가능했다.

신은 혼자 라슈감의 전송 포인트에서 팔미락의 전송 포인트로 이동했다. 그리고 그곳에서 즉시 창고로 넘어갔다.

— 몇 분 뒤.

"……."

"대충 상상은 가지만, 그쪽에는 뭐라도 있었어?"

돌아온 신의 얼굴을 보며 티에라가 말했다. 필마와 슈바이드, 래스터 역시 어렴풋이 알아챘는지 묵묵히 신의 대답을 기다리고 있었다.

"아이템이 있긴 했는데…… 그걸로도 성부를 만들기엔 부족해."

팔미락의 창고에서 『백향의 감로』 카드를 발견했지만 단 한 장뿐이었다. 신이 가진 것과 합해도 아직 두 장은 더 필요했다.

신은 웬만하면 그곳에서 전부 찾을 수 있기를 바라고 있었다.

"아까 말했던 가든이 어디 있는지는 알아?"

"그래, 장소는 들었어."

티에라의 질문에 신이 대답했다.

엘트니아 대륙 중심부에서 동쪽으로 향하면 도달하는 대삼림 지대. 그 중심에 가든(정식 명칭은 5식 혼란 정원 로메눈)이 있다고 했다.

"그곳이라면 저도 한 번 확인하러 갔던 적이 있습다. 맹독 식물과 맹독 몬스터들의 온상이라 내성이 없는 몬스터는 근처에도 못 감다. 맹독 몬스터 중에서도 상당히 강력한 녀석들만 들어가는 것 같습다."

래스터는 드래곤을 타고 공중에서 관찰했다고 한다. 로메눈 주변은 짙은 독안개로 덮여 엘더 드래곤조차 가까이 갈 수 없었던 모양이다.

로메눈 자체는 밖에서 보기에 멀쩡했다고 한다.

"옥시젠, 하이드로와는 연락이 안 된다고 했지?"

"그렇습다. 하지만 장소가 장소이니만큼 그 둘을 걱정하는 사람은 아무도 없습다."

래스터는 그 둘이 연구에 몰두해서 절대 밖으로 나오지 않을 거라 확신하는 눈치였다.

적어도 로메눈이 독에 뒤덮인 지금 상황에서 무리하게 탈출을 시도하진 않을 것이다. 시설 내에서는 자급자족이 가능했기에 굶어 죽을 걱정은 없었다.

오히려 자기들이 개발한 아이템 때문에 자폭하지나 않을지 걱정이라고 래스터는 말했다.

【THE NEW GATE】에서는 아이템 생성과 개발에 실패하면 재료를 못 쓰게 될 뿐이었다.

하지만 드물게 그 외의 결과가 발생하기도 했다. 실패작이라는 이름의 위험 물질이 생겨나는 것이다.

주로 '~의 유사품' 혹은 '~같은 무언가'라고 표기되는 그 아이템은 귀중한 재료를 사용할수록 위험도가 높아진다.

사용한 순간 폭발하거나 몬스터를 소환하기도 하고, 실체화하면 주변 플레이어들을 수영복 차림으로 바꾸는 등…… 효과는 제각각이었다.

언제 발동되는지, 그리고 어떤 효과가 있는지는 결과가 나올 때까지 전혀 알 수 없는 위험 아이템인 것이다.

생산 직업의 정점을 찍은 자들은 모두 그 아이템의 신세를 진 적이 있었다.

물론 신도 그랬다.

"뭐, 즉사 계열 효과는 없다고 했으니까 다행이지."

실패작은 다양한 효과를 발휘하지만 즉사 계열의 효과만큼은 없다고 운영진이 직접 이야기했다.

이 세계에도 그것이 적용될지는 모르지만 옥시젠과 하이드로도 위험한 실패작을 무턱대고 사용할 만큼 어리석진 않을 것이다.

신은 그렇게 믿으며 일단 생각을 멈추었다.

"래스터는 『백향의 감로』에 대해 뭐 생각나는 거 없어?"

"죄송하지만 저는 전혀 모름다. 하지만 알 만한 녀석이 이곳에 있슴다."

"여기에?"

래스터가 말한 '여기'는 당연히 라슈감을 가리켰다. 이곳에 사는 사람이라고 해봐야 래스터와 비지뿐이었지만 문득 신의 뇌리에 스쳐 지나가는 것이 있었다.

"에인션트 드래곤 말이야?"

"맞슴다. 이곳에서 사는 드래곤들의 장로 같은 개체가 있슴다. 오랜 세월을 살아온 만큼 아는 것도 많을 검다."

게임 시절에도 사람의 말을 하는 몬스터가 존재했다. 드래곤은 비교적 유명했고 유즈하 같은 엘레멘트 테일과 후지의 카구츠치가 그에 해당한다.

신이 읽어본 소설과 만화에서도 드래곤이 말을 하는 것은 드문 일이 아니었으므로 게임에서도 자연스럽게 받아들였던 기억이 있었다.

"내가 없는 사이에 라슈감이 엄청난 곳으로 바뀐 거군."

"비지가 드래곤을 데리고 이주해온 뒤로 조금 이상해지기 시작했슴다. 다양한 종류의 드래곤이 한데 모여 사는 모습을 에인션트 드래곤이 발견한 것 같슴다. 갑자기 나타났을 때는 얼마나 놀랐는지 모름다. 아, 에인션트 드래곤의 이름은 차오바트임다."

"헤에, 차오바 — 어, 정말이야?"

신은 래스터가 아무렇지 않게 알려준 이름을 되씹어 보다가 걸음을 멈추었다. 같이 이야기를 듣던 필마와 슈바이드도 마찬가지였다.

티에라 혼자 왜 다들 멈춰 섰는지 몰라 의아한 표정을 지었다.

에인션트 드래곤 차오바트. 신의 머릿속에서 그와 일치하는 몬스터가 떠오르는 것과 동시에 경악의 표정이 떠올랐다.

쉽게 말하면 서양의 드래곤과 비슷한 외관을 가진 은색 용이었다.

플레이어 사이에서는 그 모습과 등장하는 상황 때문에『은월(銀月)의 차오바트』라 불렸다.

레벨은 게임의 상한치인 1000이었다.

엘레멘트 테일과 마찬가지로 강력함과 인기를 동시에 가진 유명한 몬스터였다.

"놀라는 것도 당연하겠지만 사실임다."

신의 심정을 이해한 래스터도 웃음을 거두고 있었다.

차오바트는 달이 뜨는 밤마다 야외 필드 어딘가에 무작위로 출현한다. 빛나는 달을 등지며 하늘에서 내려오는 모습은 그 강력함과 별개로 무척 아름다웠다.

오직 차오바트의 스크린샷을 찍기 위해 필드를 배회하는 플레이어들이 있을 정도였다.

"뭐, 엘레멘트 테일도 대화가 통하는 몬스터니까 차오바트가 그렇다 해도 이상할 건 없지만…… 그런데 왜 하필 여기서 사는 거야?"

"다른 드래곤이 여길 노리는 이유하고 똑같이 살기 편해서 그렇슴다. 자주 햇볕을 쬐곤 함다."

"최상급 몬스터가 햇볕을 쬔다니……."

신도 게임 시절에 차오바트를 본 적이 있었다.

서양식 용과 비슷한 외형으로 팔은 듬직했고 사람과 유사한 체형이었다.

온몸이 백은색 비늘에 싸였고 등에서는 실체가 있는 날개와 엷은 푸른색을 띠는 빛의 날개가 한 쌍씩 뻗어 나와 있었다.

이마에서 뻗어 나온 수정같이 투명한 뿔 밑에는 확실한 지성이 느껴지는 푸른 눈동자가 반짝였고 자신 앞에 선 자를 가늠하듯 바라보았다.

신이 싸워본 것은 능력치가 간신히 평균 800에 도달했을 때였고, 달빛을 등지며 내려오는 차오바트의 자태를 넋놓고 바라보다 뼈아픈 경험을 하게 되었다.

"신의 머리맡에서 작게 몸을 말고 잠드는 유즈하를 생각하면 충분히 그럴 법하오."

잘 때의 유즈하는 새끼 여우의 모습인 경우가 대부분이었다. 슈바이드는 여관에서 신과 한 방을 쓴 적이 있었기에 그때 본 것 같았다.

신도 슈바이드의 말에 동의할 수밖에 없었다.

"확실히 그렇지. 하지만 밖에서라면 몰라도 라슈감 내에서 날뛰면 큰일일 텐데."

"생각만 해도 악몽이네."

차오바트의 강력함을 잘 아는 필마는 신의 말에 얼굴을 찡그렸다.

"그건 『육천』 분들이 설치해주신 방어 기관이 버텨줄 겁다. 뭐, 한 번도 발동된 적은 없습다만. 지금은 그런 게 없어도 괜찮다는 걸 잘 압다. 하지만 처음에는 상당히 무서웠습다. 그리고 비지는 너무 경계를 안 해서 다른 의미로 무서웠습다."

차오바트가 처음 나타났을 때는 바로 싸우게 될 줄 알고 잔뜩 긴장했다고 한다.

이제는 길드끼리의 싸움에서만 쓸 수 있었던 각 병기들의 사용이 가능해졌기에 질 거라는 생각은 안 했다고 하지만, 역시 1000레벨의 몬스터를 상대하려면 긴장하지 않을 수 없었으리라.

실제로는 전투까지 가지 않았고 원만한 과정을 통해 라슈 감에서 살게 되었다고 한다. 흥분한 비지가 혼자 차오바트에게 돌격했을 때는 그녀가 무슨 짓을 벌일지 몰라 다급히 말렸다고 래스터가 이야기했다.

"부하는 주인과 닮는다고들 이야기하는데, 비지가 딱 그렇습다. 레벨 1000의 몬스터를 갑자기 끌어안다니, 제정신이 아닙다."

"아…… 확실히 캐시미어도 똑같이 행동했을 거야."

게임 시절에 캐시미어가 왜 최상급 몬스터는 길들일 수 없느냐며 분을 삭이지 못했던 것을 떠올리고 신은 쓴웃음을 지었다.

일단 밖으로 나오자 래스터가 살짝 앞장을 섰다.

신 일행이 내려섰던 곳 근처가 차오바트가 좋아하는 장소였기에 동료들과 합류해서 가자고 했다.

잠시 걸어가자 슈니와 몽환룡 새끼가 보이기 시작했다.

어미로 보이는 몽환룡도 있었다. 회색 연기를 압축한 것 같은 몸체였고 전체적인 모양은 동양식 용에 가까웠다.

실체가 있는 것은 머리뿐이었고 드래곤의 머리뼈에서 연기가 뿜어져 나오는 것처럼 보이기도 했다.

"성장한 모습은 게임과 똑같군."

어미 몽환룡의 레벨은 629였다. 몽환룡 중에서는 중간 정도였다.

신 일행의 모습을 발견한 것 같았지만 래스터가 함께 있었기에 뼈 모양의 머리를 살짝 돌렸다가 다시 슈니 쪽을 내려다보았다.

"어미는 몰라도 새끼가 이렇게 빨리 사람을 따르는 건 처음 봤습다. 그리고 드래곤이 저런 식으로 먼저 다가오는 경우도 거의 없습다."

래스터가 바라본 곳에서는 새끼 몽환룡을 달래는 슈니와 그것을 흐뭇하게 바라보는 비지가 있었다.

새끼 몽환룡은 슈니의 왼팔에 안겨 뒤로 벌렁 누워 있었다.

슈니가 오른팔을 가져가자 새끼 몽환룡은 앞다리를 천천히 뻗어 만지려고 했다.

그런 슈니에게 자신과도 놀아달라는 듯이 어미가 머리를 들이댔다.

슈니가 그것을 보고 머리 끝을 살짝 만져주자 어미는 몸을 부르르 떨며 몸을 분홍색으로 변화시켰다.

"저건 기뻐할 때의 색임다."

신은 래스터의 설명을 들으며 주변을 둘러보았다. 몽환룡 모자 외에도 슈니 근처에는 많은 드래곤이 모여 있었다.

엘더 드래곤과 와이번 외에도 녹색 비늘에 머리가 두 개 달린 츠바이 드래곤, 코뿔소를 더욱 흉악하게 만든 외형의 제라

노이라, 물이 드래곤 모양으로 굳어진 것 같은 아쿼이리아 같은 대형 드래곤들이 보였다.

사람 손만 한 크기의 페어리 드래곤, 두더지처럼 온몸에 털이 난 드륜 같은 소형 드래곤도 있었다.

"뭔가 굉장한데."

"지금까지 슈니 누님은 여기에 몇 번이나 왔었는데, 그때는 다들 무서워했습다. 겉으로는 온화해 보여도 왠지 모르게 곤두서 있었습다. 드래곤은 상대의 감정에 민감하니까 무서워하며 거리를 두었습다."

일반인이면 몰라도 슈니 정도의 상대에게는 신체적인 위험을 느낀 것 같았다.

"지금 슈니 누님은 엄청 따뜻함다. 뭐, 기억을 잃지 않았어도 그랬을 것 같습다."

"그래 보여?"

"그렇습다. 슈니 누님의 신경이 곤두섰던 건 신 님이 돌아오지 않아서였습다."

"아…… 그랬구나. 괜히 미안해지네."

자기 때문이라는 말을 듣자 신은 순순히 사과했다.

"사과 받을 일은 아니다. 그리고 슈니 누님은 이유도 없이 이곳의 드래곤을 사냥할 사람이 아니다."

신은 당연히 그렇다고 대답하며 슈니에게 다가갔다.

슈니는 그들이 오는 것을 알았는지 새끼를 어미에게 건네주고 그들에게 걸어왔다.

"어땠나요?"

"있긴 했는데 모자랐어."

슈니의 표정이 흐려졌다.

"그래서 여기 사는 에인션트 드래곤 차오바트에게 이야기를 들어보면 어떻겠냐고 래스터가 제안했거든. 이제부터 가보려고 해."

"그러면 저도 함께 가겠습니다."

슈니는 이제 드래곤과 충분히 놀아줬으니 자신도 가야 한다고 말했다.

유즈하는 이미 신의 어깨 위에 올라타 있었다.

"그러면 안내하겠습. 비지, 뒷일은 부탁함다."

"다녀와~."

비지는 새끼 몽환룡을 안은 채 손을 흔들었다. 새끼 용은 얌전히 있었다. 신이 갔다 온 사이에 그들도 친해진 것 같았다.

"그런데 차오바트……라고 했던가요? 그 드래곤이 위험하진 않은 건가요?"

슈니가 물었다.

"괜찮습. 그야 레벨이 보통 레벨이 아니다 보니까 무섭긴 하지만, 이야기해보면 제법 좋은 사람, 아니 좋은 드래곤임다."

요새 방어에 협력해줄 때도 있었고 신 일행이 이곳에 도착했을 때 본 브레스는 차오바트의 공격이었다고 한다.

신 일행은 래스터를 따라 드래곤들 사이를 지나서 넓게 트인 장소에 도착했다.

그곳에 백은색의 거대한 몸을 대지에 눕히고 눈을 감은 차오바트가 있었다.

신은 낮에 차오바트를 보는 것이 처음이었지만 게임에서 밤에만 등장했던 이유를 금방 알아차렸다.

"눈이 부시……군."

슈바이드가 그렇게 말하자 필마와 래스터가 고개를 끄덕거렸다.

"그래, 엄청나네."

"아아, 저도 동감입다."

굳이 말을 꺼내진 않아도 그 자리에 있던 모두의 생각이 똑같았다.

유즈하가 눈을 비비며 말했다.

"눈 아파."

"참아."

그렇다. 차오바트의 백은색 몸은 햇빛을 그대로 반사한 것이다.

신은 번쩍번쩍 빛난다는 표현밖에 떠오르지 않았다. 솔직히 말하면 신도 제대로 쳐다보기가 힘들었다.

"차오바트 씨! 죄송하지만 빛을 좀 줄여주시면 안 됨까!"

"음? 래스터로군. 잠시 기다리거라."

래스터가 큰 소리로 외치자 제법 중후한 목소리가 대답했다. 시키는 대로 잠시 기다리자 점점 빛이 약해졌다.

신이 차오바트를 바라보자 비늘이 더는 빛을 반사하지 않았다. 여전히 은색이긴 하지만 빛이 약간 바랜 듯한 느낌이었다.

"어떠냐?"

"고맙습다! 갑자기 찾아와서 죄송하지만 이분의 이야기를 들어주셨으면 한다."

"흐음?"

차오바트는 래스터의 말을 듣고 고개를 들어 신을 내려다보았다.

대형 드래곤답게 신 정도는 한입에 삼킬 만한 크기였다.

"저는 신이라고 합니다. 오늘은 지혜를 빌리고자 찾아왔습니다."

상대는 오랜 세월을 살아온 드래곤이다. 신은 자신이 아무리 강하다 해도 예의는 지켜야 할 것 같아서 조금은 연출된 말투로 고개를 숙였다.

"호오, 그 마력을 보아하니 하이 휴먼이로군. 기억난다, 기억이 나! 예전에 싸웠을 때보다도 꽤나 성장했구나!"

크긴 해도 충분히 알아들을 수 있는 목소리였다.

신이 과거에 차오바트와 싸운 것은 단 한 번뿐이었는데도 용케 기억하는 모양이었다.

땅울림 같은 목소리에서 은근히 기뻐하는 기색이 묻어났다.

"오랜만에 보는군. 그렇다면 나도 내 이름을 밝혀야겠지. 내 이름은 차오바트! 한때 은월로 불린 방랑하는 용!"

차오바트는 누운 몸을 일으키며 위엄이 가득한 목소리로 자기소개를 했다.

그와 동시에 패기 넘치는 위압감이 주변에 바람을 일으키며 나무들을 술렁이게 했다.

신은 반사적으로 전투 태세에 들어가려는 몸을 간신히 억눌렀다.

"하이 휴먼과 엘레멘트 테일이 동시에 찾아오다니 별일이다 있군. 엘레멘트 테일이여, 나를 기억하느냐?"

"쿠우? 기억이 나는 것도 같고, 안 나는 것 같기도 한데."

"확실히 말하거라."

"이름하고 성격은 기억나."

아직 완전하지 않은 상태인 유즈하는 기억도 사라진 부분이 많았다. 차오바트에 대해서도 부분적으로밖에 기억하지 못하는 것 같았다.

그에 관해 설명하자 차오바트는 아쉽다는 듯이 탄식했다.

"오랜만의 재회를 기뻐하고 싶지만 어쩔 수 없군. 잠깐 이야기가 딴 길로 새서 미안하다. 그래서 내게 물으려는 건 무엇이냐?"

"『백향의 감로』라는 아이템을 찾고 있습니다. 리리 · 오키드라는 꽃에서 채취할 수 있는데, 그게 어디 있는지 혹시 아십니까?"

"리리 · 오키드…… 성부의 재료로군. 그래, 저기 있는 처자에게 사부를 사용한 게냐?"

차오바트는 신이 말한 내용을 토대로 무언가를 추측한 것 같았다. 신을 바라보던 시선이 슈니를 향하고 있었다.

"그런 것 같습니다. 제 자신은 기억하지 못하지만요."

"흠음, 그거라면 알고 있느니라. 꽃을 키우는 종족이 어디 있는지도 알지."

리리 · 오키드는 츠무기 일족이 사는 곳 근처에 피어난다.

사부와 성부처럼, 키시미 일족과 대립되는 존재인 츠무기 일족은 플레이어에게 우호적이었다.

게임에서는 이벤트가 끝나면 어디론가 사라져버렸고 이후로는 한 번도 만날 수 없었다.

그런 자들이 사는 곳을 알고 있다고 차오바트는 말했다.

그리고 신과 관련이 있는 땅이라고 말을 이었다.

"그게 무슨 이야기입니까?"

"그대가 하이 휴먼이라는 사실은 의심의 여지가 없겠지. 그러니 말해주마. 츠무기 일족을 지키는 건 그대의 부하인 하이 픽시다. 이름이…… 세티라고 했던가."

"……네?"

갑자기 튀어나온 이름에 신뿐만 아니라 필마와 슈바이드도 놀랐다.

행방불명인 마지막 서포트 캐릭터의 이름이 이런 곳에서 나올 줄은 상상조차 못 했기 때문이다.

"그 녀석이 츠무기 일족을 지킨다고요?"

"그들은 애초부터 정령에서 갈라져 나온 일족이다. 정령을 벗 삼는 하이 픽시가 그들을 지킨다 해도 별로 이상할 것은 없겠지."

차오바트의 말에 신도 고개를 끄덕였다.

츠무기 일족과 키시미 일족은 원래 사람들의 감정을 주관하는 정령에서 갈라져 나왔다고 전해졌다.

그리고 픽시는 엘프와 마찬가지로 정령을 벗 삼는 종족이었다. 차오바트의 이야기는 충분히 납득할 만했다.

"그래서 대체 어디에……?"

"대륙의 중심에서 약간 남쪽, 그대들이 킬몬트라 부르는 나라 근처다. 아무것도 없어야 할 공간에서 그대들과 매우 비슷한 기척이 느껴졌지. 심심풀이로 내려선 곳에 숨겨져 있었느니라."

요정향을 만드는 픽시의 능력을 사용해 보이지 않게 숨어 있었던 모양이다.

차오바트의 말에 따르면 뭔가 특별한 땅일 것이다.

그렇지 않다면 제아무리 하이 픽시라 해도 혼자서 요정향이라는 이공간(異空間)을 유지할 수는 없을 것이다. 원래는 100명 단위로 운용되는 능력이었다.

"그대에 대한 자랑을 한참 늘어놓더군. 재미있는 처자였도다."

"……혹시 제가 돌아오면 반드시 이곳에 올 거라고 예상해서 머무르고 계셨던 겁니까?"

자신의 서포트 캐릭터에 대해 즐겁게 이야기하는 차오바트를 보자 신은 왠지 그런 느낌이 들었다.

몬스터인 차오바트의 눈빛이 무척이나 따스했기 때문인지도 모른다.

"아니, 그저 살기 편했기 때문이다. 이곳의 관리인을 꽤나 놀라게 했지만 말이지. 그런데 그대는 당연히 그곳에 갈 생각일 테지?"

"네, 그렇습니다."

"그렇다면 내 등에 타거라. 데려다주마."

"네?"

차오바트의 제안에 신뿐만 아니라 이야기를 듣던 모두가 놀랐다.

최강 몬스터 중 하나인 차오바트를 이동 수단으로 사용한다는 생각은 누구도 해본 적이 없었기 때문이다.

"저기, 이동 수단이라면 비지에게서 다른 드래곤을 빌리면 됩니다만."

"그대들만으로는 요정향을 찾아내지 못할 게야. 아니, 세티의 주인인 신이 간다면 가능할지도 모르지만 최대한 시간을 절약하고 싶은 것 아닌가? 나라면 훨씬 빠르게 이동할 수 있느니라."

묘하게 협조적인 차오바트를 보며 신은 혹시라도 다른 꿍꿍이가 있는 게 아닌지 의심했다. 아마 다른 동료들도 마찬가지였으리라. 운이 좋은 것치고는 일이 너무 잘 풀리고 있지 않은가.

"어째서 그렇게까지 해주시는 겁니까?"

"수상한가?"

"당신이 하는 말을 의심하는 건 아닙니다. 하지만 솔직히 말해 그렇게까지 친절을 베푸시는 이유가 궁금합니다."

"흐음. 그러면 말해주마. 별로 숨길 것도 없느니라."

신의 질문을 받은 차오바트는 순순히 고개를 끄덕였다. 조금 맥이 빠졌을 정도였다.

"키시미 일족에 관해 얼마나 알고 있느냐?"

"사신(邪神)을 신봉하는 일족이라는 것만 압니다. 분명 빼앗은 기억을 사신에게 바친다고 했던 것 같은데요."

신은 게임 시절에 이벤트를 통해 알았던 내용을 이야기했다. 그리고 이번에 사부를 사용한 것은 하멜른이며 키시미 일족에게서 빼앗은 것 같다고 설명했다.

"그렇군. 녀석들은 이미 멸망한 겐가."

이야기를 들은 차오바트는 몇 초 동안 눈을 감고 있었다. 안도하는 건지, 아니면 낙담하는 건지 모를 표정이었다.

"나에겐 벗이 있었다. 휴먼이었지. 나를 두려워하거나 지나치게 우러러보지도 않았고, 그냥 옆에 있는 것만으로도 편했지. 그런 벗이었느니라."

차오바트는 갑자기 하늘을 올려다보며 말을 이어나갔다.

"그런데 키시미 일족 놈들이 당치않게도 내 벗에게 사부를 사용했느니라. 기억을 잃은 벗은 나를 조금도 기억하지 못했다. 그리고 날 단순한 몬스터로 보게 되었지. 기억을 회복시키려면 성부가 필요하다는 것도, 제작을 위해 무슨 재료가 필요한지도 알았지만 나에게는 그것을 만들 기술이 없었도다."

차오바트는 담담하게 말했다. 그의 목소리에서 슬픔이 묻어났다.

"난 성부를 만들 수 있는 자를 찾았다. 하지만 벗이 살아 있는 동안 그 기술을 가진 이를 발견하지 못했노라. 벗은 끝내 내 이름조차 기억해내지 못한 채로 이 세상을 떠났다. 그때만큼 내 무력함을 뼈저리게 느낀 적이 없었지."

차오바트는 당시의 기억이 생생하게 떠올랐는지, 지면이 흔들릴 만큼 엄청난 노기를 드러냈다.

"그로부터 10년 동안, 나는 키시미 일족을 보이는 대로 불태웠느니라. 하지만 아무래도 아직 남아 있었던 모양이다. 내가 그대에게 힘을 빌려주는 건 그놈들을 전멸시키지 못한 것에 대한 속죄나 다름없다."

"이야기를 들어봐도 당신이 책임을 느낄 필요는 없을 것 같습니다만."

차오바트에게 잘못이 없다는 것은 누구나 알 수 있었다. 하지만 차오바트는 그저 신을 내려다볼 뿐이었다.

"……알겠습니다. 협력을 부탁드립니다."

신은 그 눈빛에 지고 말았다.

그들만 갈 경우 명확한 장소를 알 수 없었고, 행방불명이던 세티와 합류할 수도 있는 좋은 기회였다. 거절할 이유는 전혀 없었다.

"그러면 즉시 가지. 아니면 여기서 할 일이 남은 게냐?"

"아니요. 이미 용무는 끝났습니다."

래스터에게 아이템을 건네주는 것은 나중으로 미뤄도 된다. 지금이라도 당장 이동할 수 있었다.

"좋다, 그러면 가자. 타거라."

신 일행은 다시 낮게 몸을 엎드리는 차오바트의 등 위에 올라탔다. 차오바트의 몸은 모두가 올라타도 여유로울 만큼 확실히 거대했다.

고삐와 안장 같은 장비가 전혀 없다는 것이 불안했지만 그점은 신 일행의 스킬과 차오바트의 힘으로 해결하는 수밖에 없었다.

"저는 따라가도 도움이 안 될 테니까 여기 남겠습다."

성부가 통하지 않을 경우는 사신을 찾아내 쓰러뜨려야만 한다. 몇몇 능력치를 제외하면 티에라보다도 떨어지는 래스터는 라슈감에 남기로 했다.

"알았어. 지금까지 했던 대로 여기를 잘 관리해줘."

"알겠습다! 가는 길 조심하십쇼!"

래스터의 배웅을 받으며 차오바트가 하늘 높이 날아올랐다.

특수한 힘이라도 작용하는지 날갯짓 몇 번만으로 거대한 몸이 공중에 붕 떴다. 지면을 벗어난 차오바트는 한 번의 날갯짓만으로 단숨에 고도를 높였다.

눈 밑으로는 방금 전까지 올려다봐야 했던 산들이 펼쳐져 있었다. 하늘을 올려다보느라 알아채지 못했지만 이미 상당한 높이까지 올라온 것 같았다.

"발이 땅에 붙어 있지 않으니까 조금 불안하네요."

바람 마법 덕분에 슈니의 말이 선명히 들렸다. 슈니는 신의 바로 뒤에 타고 있었기에 작은 중얼거림이라도 알아들었을 것이다.

신은 자신에게 한 말인지 아니면 혼잣말인지를 판단할 수 없었다. 하지만 평소의 목소리와는 조금 다르게 들렸기에 일단 대답해주기로 했다.

"지금의 슈니는 하늘을 처음 날아보는 거잖아. 갑자기 이렇게까지 높이 올라오면 불안해질 수밖에 없을 거야."

차오바트는 비지가 데려왔던 엘더 드래곤처럼 고삐와 안장 같은 것을 달고 있지 않았기에 비행을 무서워하는 것도 이해가 갔다. 게다가 그들은 지금 현실 세계의 비행기와 비슷한 고도에서 날고 있었다.

비행 속도 역시 엘더 드래곤과는 비교도 되지 않았다. 스킬에 보호받지 못했다면 차오바트의 등에 필사적으로 달라붙어야 했을 것이다.

이런 비행은 슈니뿐만 아니라 신에게도 미지의 영역이었다.

"죄송합니다."

"힘들면 말해줘. 차오바트에게 말하면 고도 정도는 낮춰줄 거야."

신이 뒤를 돌아보며 말했다.

차오바트의 뒤통수를 슬쩍 쳐다보자 이야기가 들렸다는 듯이 고개를 살짝 끄덕거렸다.

"그러면 저기…… 옷을 잡고 있어도 될까요?"

슈니는 자신을 배려해주는 신에게 살짝 몸을 구부리며 말했다. 키 차이와 자세 탓에 위로 올려다보는 얼굴이 되어 있었다.

기억을 잃은 뒤의 의연한 모습이 자취를 감춘 눈빛을 보자 신은 무심결에 가슴이 두근거렸다.

"어, 어어, 괜찮아. 꽉, 아니 꼭 잡고 있어."

신은 자신의 감정을 얼버무리기 위해 과장되게 대답했다. 그리고 얼굴이 빨개졌을까 봐 앞으로 고개를 돌렸다.

실제로는 【라이딩】 스킬 덕분에 어지간한 충격이 아닌 이상 떨어질 일은 없다.

만약 떨어진다 해도 차오바트라면 바로 회수해줄 테지만 무서운 것은 어쩔 수 없는 문제였다.

"그러면 실례할게요."

신은 슈니가 속삭이듯 말하며 움직이는 기척을 느꼈다.

하지만 10초 정도 지나도 옷을 잡는 느낌이 들지 않아 뒤를 돌아보려는 순간에, 슈니의 팔이 천천히 신의 허리를 감았다. 그리고 몸 전체를 신의 등에 밀착했다.

"어?! 슈, 슈니?!"

신은 자신을 갑자기 끌어안는 슈니를 보며 당황한 듯이 말했다.

있는 힘껏 몸을 밀착한 탓에 신의 등에 부드러운 무언가가 닿았다. 신은 엄청난 존재감의 그것을 의식하지 않으려고 최대한 노력하면서 대체 왜 그러느냐고 물었다.

"실례가…… 된 건가요?"

"아니, 그런 건 아니지만 조금 놀랐어."

기억을 잃기 전의 슈니라면— 다른 사람의 시선을 신경 쓰지 않을 경우 — 이런 식으로 자신을 끌어안고도 남았다.

하지만 지금의 슈니는 신에 대한 충성심만 있을 뿐, 연애 감정은 느끼지 못하는 상태였다. 신의 어깨에 머리를 기대고 온몸을 밀착하는 행동이 아무리 해도 이해가 되지 않았다.

"저도 잘 모르겠어요. 하지만 이렇게라도 하지 않으면 불안해서……."

그녀의 목소리는 농담처럼 들리지 않았다. 자신의 허리에 둘러진 슈니의 손을 만져보자 희미하게 떨리고 있었다.

"슈니. 다른 사람 앞에서 그런 대담한 행동을…… 아니, 무슨 일이야?! 얼굴이 새파래졌잖아?!"

놀리려고 말을 꺼냈던 필마가 슈니의 안색이 심상치 않음을 발견하며 소리쳤다.

바로 앞에 있던 신에게는 보이지 않았지만 생각보다 심각한 상태인 듯했다.

"일단 내리자. 차오바 — ."

"괜찮습니다. 이대로 가주세요."

"무리하지 마. 힘들면 힘들다고 하라고."

"정말로 괜찮아요. 이러고 있으면 진정되니까요."

슈니는 그렇게 말하며 신의 허리를 감싼 팔에 힘을 주었다. 하지만 그녀의 말을 곧이곧대로 믿을 수도 없었기에 신은 필마에게 심화를 보냈다.

『나한테는 슈니가 잘 안 보여. 손이 떨리는 게 느껴질 뿐이야. 필마가 보기엔 지금 어떤 것 같아?』

『떨고 있는지는 모르겠지만 안색은 확실히 안 좋아. 원래 피부가 새하얗긴 하지만 오늘은 조금 아픈 사람처럼 보여.』

상태 이상 표시는 나타나지 않았기에 일단은 슈니를 믿고 상태를 지켜보기로 했다. 슈니를 만지던 신의 손을 어느샌가 슈니의 손이 맞잡고 있었다. 더 이상은 떨고 있지 않았다.

"이제 곧 도착할 게다."

날아오른 지 30분도 지나지 않았을 때 차오바트가 모두에게 알렸다. 슈니도 신의 몸을 끌어안은 뒤로는 자신이 말한 대로 진정된 상태였다. 차오바트가 빠르게 강하하는 가운데, 신은 대륙의 모습을 내려다보았다.

베일리히트 왕국, 파르닛드 수연합의 수도 바르멜 등, 예전에 방문했던 도시들이 보였다.

파르닛드의 동쪽에 있는 나라가 슈바이드가 살던 용황국 킬몬트일 것이다.

"응? 저 유난히 큰 나무는……."

신이 별생각 없이 시선을 향한 대륙 중앙부에 꽤나 커다란 나무가 보였다. 그 주위를 보통 크기의 나무들이 둘러싸고 있었다.

"저 근처에는 아무것도 없었을 텐데……."

전에 슈니가 보여준 지도에는 아무것도 그려져 있지 않았던 것이 기억났다. 어쩌면 원래는 보이지 않는 장소인지도 모른다.

신은 다음에 시간 날 때 확인해야겠다고 머릿속에 저장한 후 차오바트가 강하하는 방향을 내려다보았다.

"뭐지? 이 느낌은 어디선가⋯⋯."

얼핏 봐선 분명 아무것도 없었다. 하지만 신은 아무것도 없어야 할 그곳에서 뭔가 그리운 감각을 느끼며 고개를 갸웃거렸다.

말로 표현할 수는 없었다. 하지만 분명히 기억에 있다는 것을 느낌이 알려주었다.

고도가 내려가자 풍경이 희미하게 일그러진 것이 확실히 보였다.

방향을 바꾸지 않는 것을 보면 그곳이 목적지인 듯했다.

"신. 저걸 아느냐?"

"아니요. 저게 입구로군요. 뭐랄까, 잘 알 수 없는 기척이 느껴지네요."

"흐음, 요정향이 되면서 뭔가 변화가 있었는지도 모르겠군. 신이라면 알 것 같아서 물어본 것이었다만."

신에게 질문했던 차오바트는 무언가를 골똘히 생각하듯이 턱을 매만졌다. 드래곤도 생각에 잠길 때 그런 동작을 취하기도 하는 모양이다.

참고로 신이라면 알 거라고 말한 사람은 세티였다고 한다.

그러는 사이 지면까지의 거리가 몇 메르까지 줄어들어 있었다. 차오바트는 마지막으로 몸을 붕 띄우며 부드럽게 착지했다.

신 일행은 바로 차오바트의 등에서 내렸다.

"저 앞이 내가 아는 요정향이니라."

차오바트가 가리킨 곳에는 하늘에서 내려다보였던 일그러진 풍경이 있었다. 차오바트가 몸을 굽혀야 간신히 들어갈 정도의 크기였고 내부는 깊지 않았다.

"제가 아는 요정향 입구와는 꽤나 다르군요."

신이 기억하는 것은 통행 허가 아이템을 내밀면 출현하는 빛의 고리였다.

그 고리 너머에 전혀 다른 세계가 펼쳐져 있다는 점은 똑같을 것이다. 다만 게임 시절의 기억 때문인지 위화감이 느껴질 수밖에 없었다.

"그러고 보니 우리는 통행 허가증을 갖고 있지 않은데요. 들어갈 수 있습니까?"

"나와 함께 있으면 문제없다. 신과 『서포트 캐릭터』인 자들은 통과할 수 있다고 들었노라."

주인인 신과 동료인 슈니, 슈바이드, 필마를 거부할 이유는 없었다.

"겉모습은 조금 특이하지만 일단 들어가 보자."

조금 불안하긴 했지만 신은 용기를 내어 걸음을 내디뎠다.

신의 발이 일그러진 공간에 닿자 눈앞의 광경이 순식간에 바뀌었다.

"이건……."

새롭게 나타난 광경에 신은 할 말을 잃었다.

눈부신 햇살과 따뜻한 바람, 아담한 언덕과 곳곳에 자라난 나무들까지. 오른쪽으로 눈길을 돌리자 신이 기억하는 전송용 건물이 보였다.

그 모든 것이 너무나도 익숙한 광경이었다.

신은 설마 하며 언덕 위의 꽃밭을 바라보았다.

그곳에는 익숙한 묘비가 색색의 꽃에 외로이 둘러싸여 있었다.

신은 묘비를 보자마자 달려갔다.

"쿠우?!"

"주인님?!"

"어, 신?!"

어깨에 앉아 있던 유즈하가 깜짝 놀라며 옷에 매달렸고 뒤따라 들어온 슈니와 티에라가 놀라며 소리쳤다.

하지만 지금의 신은 그런 것을 신경 쓸 여유가 없었다.

순식간에 묘비에 도착해 새겨진 이름을 확인했다. 그곳에는 분명히 『마리노』라고 적혀 있었다.

"여기는…… 내……?"

그렇다. 그곳은 신이 게임 시절에 이벤트 보수로 얻었고 후에 마리노의 아바타를 매장한 개인 공간이었다.

"아직도…… 남아 있었군."

개인 공간에 남아 있는 마리노의 무덤.

신은 그것을 보고 잠시 이성을 잃었지만 묘비를 둘러싼 꽃들과 온화한 햇빛에 금세 침착함을 되찾았다.

"누군가의 묘지야?"

"그래. 내 애인이었던 사람의 무덤이야."

어깨에 앉은 유즈하가 묻자 신은 간단히 대답했다. 그의 목소리에는 슬픔과 그리움이 뒤섞여 있었다.

신의 대답을 들은 유즈하는 말없이 어깨에서 내려오더니 잠시 묘비를 가만히 응시했다.

"주인님!!"

그때 신이 갑자기 달려나간 것에 동요했던 슈니가 빠른 속도로 달려왔다.

그러면서도 『쿠노이치』답게 묘비 근처의 꽃을 조금도 상하게 하지 않았다.

"미안, 조금 흥분했나 봐."

"무슨 일이라도 있었나요?"

"이곳은 말이지. 내가 예전에 얻었던 개인 공간…… 어…… 특수한 공간이야. 설마 세티가 이곳에 있을 줄은 몰랐어."

"그랬군요. 갑자기 다급한 얼굴로 달려나가시길래 큰 문제라도 생긴 줄 알았어요."

슈니는 진심으로 걱정했는지 안도의 한숨을 내쉬었다.

그리고 조금 늦게 티에라도 달려왔다. 그녀는 꽃을 피하느라 애를 먹고 있었다.

"당황하지 않아도 돼. 놀라게 해서 미안."

"그래? 하지만 갑자기 달려가 버리다니, 대체 무슨 일이야?"

신의 말에 침착함을 되찾은 티에라가 천천히 꽃을 피하며 그의 곁으로 다가왔다. 슈니와 마찬가지로 신을 걱정하는 눈치였다.

"티에라에게는 내 과거, 그러니까 마리노에 대해 이야기한 적이 있었지? 이곳은 마리노의 아바타를 묻은 장소야. 그리고 이게 그 무덤이고."

티에라도 신이 얼굴을 돌린 곳을 바라보았다.

"……그랬구나. 신이 그런 표정을 지었던 것도 납득이 가."

슈니와 티에라의 말을 듣고 자신이 얼마나 흥분했는지 깨달은 신은 스스로 반성했다.

하지만 이건 너무나 갑작스러웠다고 마음속으로 변명해보았다.

비석 주변에는 따뜻한 색의 꽃들만 피어 있었고 보기만 해도 마음이 평온해졌다.

신도 이 세계에 온 뒤로 이곳을 전혀 떠올리지 않았던 건 아니었다.

하지만 천재지변으로 지형 자체가 바뀌어버린 이상, 설령 남아 있다 해도 찾기 힘들 거라 생각했던 것이다.

베레트에게 알아봐 달라고 부탁할 수도 있었지만, 마리노는 결국 신의 개인적인 상처에 지나지 않았다. 그렇게까지 집착해선 안 된다고 생각하며 다른 동료들에게 말하지도 않았던 것이다.

"주인님. 그 마리노 씨라는 분은 누구죠?"

"슈니는 잊어버렸을 테지만 나에겐 마리노라는 애인이 있었어. 그리고 여기는 그 친구의 무덤이야. 여기라면 쓸쓸하지 않을 것 같았거든."

"애인 — ?!"

"슈니?"

마리노에 대해 들은 슈니가 관자놀이를 누르며 얼굴을 찡그렸다. 현기증이라도 일으킨 것처럼 비틀거리는 슈니를 옆에 있던 티에라가 빠르게 부축했다.

"스, 스승님?!"

갑작스러운 사태에 티에라도 놀라고 있었다.

"잠깐! 너희들만 먼저…… 어, 아니? 슈니, 어디 안 좋아?"

신 일행이 입구에서 바로 뛰어온 탓에 그들을 놓친 필마와 슈바이드가 뒤늦게 나타났다.

필마는 티에라의 부축을 받은 슈니를 보고 놀라며 달려왔다.

슈바이드가 물었다.

"적의 기척은 없었소만. 무슨 일이 있었던 것이오?"

"응. 그게, 이야기를 하다가 갑자기 머리를 감싸면서 비틀 거렸어."

신은 차오바트가 몸을 구부려 요정향에 들어오는 것을 바라보며 방금 전의 상황을 설명했다.

슈니의 증상은 금방 가라앉았지만 혹시 모르니 잠시 쉬기로 했다.

그사이에 신은 필마와 상담을 했다.

"마리노의 무덤……이었구나. 신이 동요하는 것도 이해하지만 그보다도 슈니가 이렇게나 극적인 반응을 보였다는 게 조금 의외네."

"의외라고?"

"응. 이렇게 말하면 조금 그렇지만, 마리노는 이제 없잖아. 슈니의 기억을 자극할 순 있어도 격하게 반응할 만한 일은 아니라고 생각했거든."

필마는 이렇게 무덤에 묻힌 이상 신을 빼앗길 일은 없다고 생각했다고 한다.

"다들 여기 모여서 뭐 하는 것이냐?"

그런 신 일행의 뒤에서 거대한 덩치 탓에 입구에서 애를 먹던 차오바트가 다가왔다.

일정한 거리를 두고 있는 것은 꽃들을 해치지 않기 위해서일 것이다.

"내가 올 때까지 무슨 일이라도 있었던 거냐?"

차오바트의 크기라면 조금 떨어진 곳에서도 신 일행을 충분히 내려다볼 수 있기에 슈니의 몸이 안 좋아진 것을 바로 발견한 것 같았다.

신은 필마와 슈바이드에게 했던 것처럼 상황을 간단히 설명했다.

"그렇군. 확실히 기억이 자극받은 것치고는 묘한 반응이긴 하구나."

사부에 당한 차오바트의 벗은 차오바트가 예전 일을 이야기하거나 추억과 관련된 물건을 보여줘도 아무 반응을 보이지 않았다고 한다.

"하이 엘프 처자와 휴먼이던 내 벗은 충분히 다를 수 있겠지."

차오바트는 슈니처럼 반응하는 모습을 본 적이 없다고 이야기했다.

그것이 무엇을 의미하는지는 현재의 누구도 알 수 없었다.

"아무리 많이 생각해봐야 결과는 나오지 않을 게다. 지금은 성부를 만드는 일에 집중할 때이니라."

"그렇겠죠. 이곳에 세티가 있다고 하셨는데, 저쪽인가요?"

신이 알기로 원래 개인 공간에는 전송 포인트가 설치된 신

전 같은 건물밖에 없었다. 하지만 그 옆에 나무로 지어진 로그하우스가 보였다.

신의 감지 능력이 익숙한 기척을 포착했고 미니맵상에도 세티로 보이는 반응 하나가 로그하우스 안에 표시되었다.

그 주변에서 작은 마크 여러 개가 움직이고 있었다. 아마 차오바트가 이야기했던 츠무기 일족일 것이다.

슈니가 어느 정도 회복되어 세티를 만나러 가려고 했을 때 소란스러운 소리와 함께 로그하우스의 문이 벌컥 열렸다.

"잠깐! 왜 이렇게 흥분하는 거야?! 차오바트가 누군가를 데려왔다는 건 알겠어! 그것보다 불! 불을 아직 켜놓고 왔다니까 그래! 머리와 옷을 잡아당기지 말라고!!"

로그하우스 안에 나타난 것은 공중에 떠 있는 존재들에게 이끌리면서도 프라이팬 안의 내용물을 흘리지 않으려고 고군분투하는 소녀였다.

뾰족한 모자 아래로 보이는 트윈 테일 금발이 잡아당겨지자 진홍색 눈동자의 눈에 눈물이 고였다.

강력한 마법사라는 사실이 무색하게 등장한 그녀가 바로 신의 다섯 번째 서포트 캐릭터인 세티 루미엘이었다.

외모는 단정했지만 키는 160세메르도 되지 못했고 갓 입학한 고등학생이나 조숙한 중학생 정도로 보이는 인상이었다.

성인 여성의 매력을 풍기는 슈니, 필마와 비교하면 상당히 어려 보였다.

"당장 그만두지 않으면 오늘 저녁밥은 없을 줄 알아!! 어, 맙소사?! 안 멈추네?!"

마법 소녀 같은 이미지의 망토와 스커트를 잡아당기자 세티가 이제는 못 참겠다는 듯이 저녁밥을 인질로 삼았다.

그 작은 존재들 ― 즉 츠무기 일족은 잠시 움직임을 멈췄다가 이내 다시 잡아당기기 시작했다.

츠무기 일족은 귀엽게 축소된 상반신 위에 옷을 걸친 귀여운 모양을 하고 있었다. 작은 손에는 손가락이 없었지만 인형 같은 느낌이라 징그러워 보이진 않았다.

게임 시절에는 홈이나 길드하우스로 데려가서 마스코트로 쓰고 싶다는 플레이어들의 요청이 빗발쳤을 정도였다.

설정상으로는 전원이 같은 기억을 공유하며 개인은 이름이 없었다. 그래서인지 【애널라이즈】로 츠무기 일족을 살펴봐도 전부 같은 이름이 표시되었다.

참고로 표시되는 이름은 츠무긴이었다. 이름이 판명되자 게시판에서 '운영진의 작명 센스에 관해'라는 게시글이 올라왔던 것으로 유명했다.

"왠지 갑자기 맥이 빠지는데……."

"오늘은 평소보다 더욱 심하게 장난을 치는군. 세티를 우리에게 데려오려는 것을 보면 아마 사부의 기척을 느낀 것일 테지."

볼품없는 등장에 당황한 신에게 차오바트가 매번 이렇지는 않다며 대신 변호해주었다.

츠무기 일족은 키시미 일족의 힘에 민감하게 반응한다. 반대의 경우도 똑같았다.

세티를 데려오려고 안간힘을 쓰는 것도 그 때문일 것이다.

"가자. 이대로 놔둘 수도 없잖아."

일행은 신의 말에 고개를 끄덕이며 세티가 있는 로그하우스로 걸어가기 시작했다. 그러자 츠무긴들이 세티에게서 떨어졌다.

"하아, 대체 왜 저러는 거야. 그야 잠깐 좀 켜놓는다고 화재를 일으키는 장치는 아니지만…… 응?"

프라이팬을 들고 흐트러진 머리를 손으로 정리하던 세티의 시선이 차오바트의 발밑에 있던 신 일행을 향했다.

그것을 알아챈 신은 아무렇지 않은 척하며 인사를 건넸다.

"안녕. 오랜만이야."

"……으음? — ?!"

눈이 마주친 순간에는 인식하지 못하다가 시간이 흐를수록 선명히 떠오른 모양이었다.

불만스럽던 세티의 얼굴이 경악으로 바뀌었다.

너무나 놀란 나머지 프라이팬을 기울인 채 몸이 굳어서 안에 든 음식물이 넘쳐흘렀다. 액체로 된 음식물이 바닥에 튀며 세티의 발에 닿았다.

"앗, 뜨거워! 이게 아니고 주인님?! 앗, 뜨거워!"

"응…… 세티네."

"음…… 세티로군."

뜨거움과 놀라움에 혼란스러워하는 세티를 보며 필마와 슈바이드가 추억에 잠긴 표정을 지었다.

"이런 녀석이던가?"

"어, 안 그랬어?"

신이 상반된 반응을 보이자 티에라는 당황했다.

"놀라는 것도 이해하지만 좀 진정하는 게 어떻겠느냐?"

"……요리 중인 날 끌고 나온 이 아이들 탓이야. 그런데 왜 주인님이 여기 있는 거야? 500년 넘게 우리를 버려두고, 이제 와서 뭐하러 돌아온 건데?!"

차오바트가 재촉하자 잠시 망설이던 세티가 신을 몰아세웠다.

방금 전까지 당황하던 모습은 온데간데없이, 아무 일도 없었던 것처럼 행동하고 있었다. 물론 뺨과 귀가 새빨갛게 달아오른 덕분에 부끄러워하는 것은 전부 티가 났다.

하지만 그녀의 말에는 약간의 가시가 돋아 있었다.

"뭐, 그렇게 말하면 나도 할 말은 없지만 말이지. 일단 내 이야기도 한번 들어주겠어?"

"흥, 그렇게까지 말한다면 들어줄 수도 있어."

더 튕길 줄 알았지만 세티는 신을 노려보며 콧방귀를 뀌었을 뿐, 거부하는 태도는 아니었다. 도도한 척 말하면서도 한 손에 든 프라이팬 탓에 허술한 이미지를 씻을 수 없었다.

"신, 저 사람은……?"

몸이 회복된 슈니가 세티에 대해 묻자 신은 간단히 설명했다.

"응, 내 마지막 서포트 캐릭터인 세티 루미엘이야. 생성 시기가 너희들보다 조금 늦으니까 막냇동생이라고 생각하면 돼."

신은 슈니의 주변을 맴도는 츠무기 일족에 관해서도 추가로 설명을 덧붙였다.

"그렇군요. 이 아이들이 가까이 다가오는 건 제가 사부에 당했기 때문인가 보네요. 이해했어요."

세티에게서 떨어진 츠무긴들은 슈니 주변에 모여들어 있었다. 이따금 그녀의 어깨나 팔을 문지르곤 했다.

"잠깐?! 날 무시하고 이야기하기야?! 그런데 슈 언니, 아무리 그래도 날 모르는 사람처럼 말하는 건 너무하지 않아?!"

"슈 언니?"

격렬히 항의하는 세티를 보며 슈니는 고개를 갸웃거릴 뿐이다.

사실은 신이 장난삼아 세티가 슈니, 슈바이드, 필마를 언니 오빠로 부르도록 설정해둔 탓이었다. 그 설정이 아직도 남아있는 듯했다.

"어, 혹시 날 잊어버린 거야? 저기 있는 주인님이 오빠나

언니라고 부르라고 했지만 슈니 언니라고 부르기 부끄러워서
슈 언니가 된 거잖아."

"미안, 세티. 그럴 만한 사정이 있어."

이상해 보이는 슈니를 보며 세티가 의아한 표정을 짓자 신
이 상황을 설명했다.

처음엔 잠자코 듣고 있던 세티도 호감도가 0으로 떨어지는
아이템 때문에 기억이 사라졌다는 부분에서 격렬히 화를 냈
다.

"뭐어?! 그게 말이 돼?! 슈니 언니가 어떤 심정으로 주인님
을 기다려왔는데!! 장난에도 정도가 있지!! 나한테 걸리기만
하면 태웠다가 얼렸다가 가루로 만들어주겠어!!"

지나치게 흥분한 나머지 본인이 부끄럽던 슈니 언니라는
호칭이 나오고 말았다.

방금 전까지의 까칠한 태도는 온데간데없이 분노를 감추지
못하는 세티를 보니 그녀가 얼마나 슈니를 따르는지 알 수 있
었다.

하지만 슈니는 그녀를 말려야겠다고 생각한 것 같았다.

"진정해요."

"어떻게 진정할 수 있어?! 그 하멜른이라는 녀석에게 자기
가 얼마나 엄청난 짓을 저질렀는지 뼈저리게 느끼게 해줘야
해!!"

하지만 이미 이성을 잃은 세티는 기름을 부은 불처럼 활활

타올랐다.

신은 자신이 직접 말려야 할 것 같아서 앞으로 나서려 했지만 슈니가 그를 제지하며 세티 앞에 섰다. 그리고 세티의 몸을 끌어당기며 꼬옥 끌어안았다.

"으음?!"

"진정해요. 주인님은 저를 원래대로 되돌리기 위해 여기에 온 거예요. 저를 위해 화내주는 건 기쁘지만 주인님의 이야기를 조금만 더 들어주세요."

슈니는 부드럽게 달래듯이 세티의 머리를 쓰다듬었다.

갑작스러운 사태에 딱딱하게 굳어 있던 세티의 몸이 움찔하며 떨렸다. 그리고 잠시 지나자 잔뜩 들어가 있던 힘이 서서히 빠졌다.

"진정됐군."

"슈니가 원래 세티의 어리광을 받아주곤 했잖아."

조용해진 것을 보고 안심하는 신에게 필마가 말했다. 막냇동생이라 그런 것도 있지만, 자신도 모르게 안아주고 싶어진다고 슈니가 말했다고 한다.

신은 '그러고 보니 나도 슈니에게 안겼었지'라고 파르닛드와 바르멜에서 있었던 일을 떠올렸다. 하지만 그와 동시에 슈니의 부드러운 감촉이 떠올라서 급하게 고개를 흔들었다.

"조용해진 건 다행이지만 저대로 놔둬도 괜찮겠소? 전에도 이런 일이 있었던 것 같소만."

"응?"

슈바이드의 지적을 받은 신은 슈니와 세티를 돌아보았다. 슈니의 품에 안긴 세티에게 조금 부러움을 느끼면서도 지금은 어쩔 수 없다고 자신을 납득시켰다.

"저기, 세티 씨 말인데, 스승님의 등을 두드리고 있지 않아?"

"……응? 확실히 그런 동작이 보이긴 하는데."

티에라의 지적에 다시 한번 두 사람을 살펴보자 세티의 상태가 명백히 이상했다.

마치 격투기에서 탭을 치는 듯한 움직임이었다. 그러고 보니 슈니가 세티를 끌어안은 뒤로 상당한 시간이 흐른 뒤였다.

츠무긴들도 함께 세티의 몸을 두드린 이유는 수수께끼였다.

다급히 등을 두드리는 세티와 달리 츠무긴들은 뽁뽁 하는 귀여운 효과음을 내고 있었다.

"아아, 그렇구나. 슈니가 아직 초기 상태라 힘 조절을 못하는 거야. 이봐, 슈니, 이제 그만 놓아주지 않으면 질식해버리지 않을까?"

"질식? 아……."

필마의 말을 듣고서야 슈니가 팔을 풀자 얼굴이 새빨개진 세티가 가쁜 숨을 몰아쉬며 슈니의 가슴에서 얼굴을 뗐다. 예전의 신이 그랬던 것처럼 천국과 지옥을 동시에 맛본 듯했다.

"하아, 주, 후우, 죽는 줄, 히익, 알았, 커헉, 알았네."

"미안해요. 괜찮나요?"

"무, 물론, 괜찮, 하아, 찮아."

세티는 필사적으로 숨을 고르면서도 슈니를 탓하지 않았다. 그녀의 포옹에 감사의 의미가 담겼다는 것을 알았던 것이리라.

"그대들은 언제나 이러는 건가?"

"……가끔씩?"

어처구니없다는 듯이 신 일행을 내려다보는 차오바트에게 유즈하가 짧게 대답했다.

"그, 그래서 주인님이 『백향의 감로』를 가지러 왔다는 거지?"

지금까지 보여준 추태에 뺨을 붉힌 세티가 숨을 고르며 확인했다. 방금 전 자신에게 벌어진 일은 모른 척 그냥 넘어가려는 모양이다.

『백향의 감로』를 얻을 수 있는 식물 리리·오키드는 사람들의 긍정적인 감정이 강한 장소나 고즈넉한 맑은 물가에서 자생한다. 그 외에 츠무긴들이 재배하는 경우도 있었다.

츠무긴들에게는 사람의 긍정적인 감정에 강하게 반응하고 부정적인 감정을 억누르는 능력이 있었다.

반면 키시미 일족은 부정적인 감정을 증폭하고 긍정적인 감정을 억압하는 능력을 가졌다.

게임 시절의 플레이어들에게는 아무 효과가 없었지만 이 세계에서는 다를 것이다. 신은 세티의 이야기를 들으며 그 사실을 머릿속에 새겨두었다.

　"맞아. 다만 정보를 준 녀석의 이야기를 들어보면 기억이 회복될 확률은 반반이라고 해."

　"반반? 확실히 돌아오는 것 아니었어?"

　"그걸 내가 어떻게 알겠어. 그런데 『백향의 감로』가 여기 있긴 한 거야?"

　"물론이야. 츠무긴들이 있는 곳에서 그걸 못 구하는 게 이상하지."

　세티는 당연한 것을 묻는다는 듯이 말했다.

　하지만 그런 세티의 태도를 참지 못하는 사람이 있었다.

　"세티. 아까부터 느낀 건데, 주인이신 신 님에게 너무 허물없이 행동한다는 생각이 들지 않나요?"

　"어어?! 하지만 필 언니도 존댓말 안 쓰는데……. 그런데 슈 언니, 방금 전하고 분위기가 너무 달라지지 않았어?"

　세티는 자신을 끌어안을 때와 완전히 달라진 슈니의 분위기에 위기감을 느끼며 뒷걸음쳤다.

　"필마는 허락을 받았으니까 그렇게 행동하는 거예요. 그리고 저를 위해 화내주는 건 고맙지만 신 님에 대한 태도는 전혀 다른 문제잖아요. 허락도 없이 무례하게 구는 건 용납하지 않겠어요."

"히익! 미안해요!!"

웃는 얼굴로 말하면서도 엄청난 아우라를 내뿜는 슈니를 보며 세티는 바로 백기를 들었다.

기억을 잃었어도 상하 관계는 여전한 것 같았다.

"그건 그냥 마음대로 해도 괜찮아. 그리고 날 부를 땐 그냥 신이라고 해줘."

신이 도움의 손길을 내밀자 세티는 슈니 쪽을 힐끔거리며 고개를 끄덕였다.

"아, 알았어⋯⋯. 허, 허락받았어! 허락받았습니다!!"

슈니가 물끄러미 바라보자 당황하면서도 허락을 받았다고 주장하고 있었다.

"어쨌든 지금은 『백향의 감로』가 먼저야. 어디에 있어?"

신의 질문에 세티는 왼손을 허리에 얹고 오른손으로 프라이팬을 든 채로 거만하게 가슴을 폈다.

"내 아이템 박스 안에 있어. 흐흥, 한발 먼저 츠무긴들을 보호해둔 내게 감사하— 죄송합니다, 저도 모르게!"

하지만 말을 하다 슈니의 시선을 느끼자 바로 사과하고 말았다.

"아⋯⋯ 어쨌든 정말 다행이야. 고마워."

신은 다시 험악한 분위기를 내기 시작한 슈니를 진정시키면서 세티에게 감사를 표했다. 그녀가 『백향의 감로』를 확보해준 것은 정말 다행이었다.

"이게『백향의 감로』야! ……입니다!"

세티는 조심스럽게 아이템 카드를 실체화했다. 그녀의 손에는 반투명한 액체가 든 투명한 시험관이 들려 있었다.

"빨리 슈 언니를 원래대로 되돌려…… 주세요."

"편하게 이야기해도 돼. 자, 슈니도 그런 걸 너무 신경 쓰지 말라고."

세티에게서『백향의 감로』를 받아 든 신은 그렇게 말하며 즉시 달의 사당을 실체화해서 연성실로 들어갔다.

그리고 몇 분 뒤에 푸른 테두리 안에 복잡한 문양이 그려진 흰색 부적 몇 장을 들고 돌아왔다.

"이게『인연의 성부』인가요."

"그래. 이걸 사용하면 기억이 돌아올…… 거야."

절반의 확률인 만큼 확실히 돌아온다고 단언할 수는 없었다.

뜸을 들일 필요는 없었기에 신은 즉시 시험해보기로 했다. 사용하겠다고 생각하며 슈니에게 다가가자 성부가 하얗게 빛나기 시작했다.

슈니는 눈을 감고 가만히 있었다. 성부에서 뻗어 나온 빛은 천천히 공중을 이동하며 슈니의 몸을 뒤덮었다. 그리고 몇 초 뒤에 소리도 없이 튕겨나가듯 사라졌다.

그로부터 몇 초가 더 지났을 때 슈니가 눈을 떴다.

"……어때?"

"아무래도 잘 안 된 것 같아요. 돌아온 기억도 있긴 하지만 전체적으로 보면 미미할 거예요."

슈니는 고개를 살짝 가로저으며 말했다. 효과가 아예 없지는 않았던 것 같지만 결과적으로는 실패였다.

"안 된 건가……. 이걸 두 번째로 사용해도 효과가 있는 거야?"

신은 잠시 낙담했지만 아직 성부가 남아 있었기에 몇 번 더 시도해볼 수 있지 않느냐는 생각을 했다.

"해본 적이 없어서 모르겠어. 잠깐만, 이 아이들에게 물어볼게."

세티는 그렇게 말하며 츠무긴들에게 말을 건넸다. 공중에 떠 있던 몇 마리가 세티의 말에 고개를 끄덕거렸다. 신은 뭐라고 하는지 알아들을 수 없었지만 서로는 말이 통하는 모양이었다.

잠시 뒤에 츠무긴들이 고개를 가로저었다.

"안 되나 봐. 츠무긴들의 이야기로는 지금은 부정적인 힘이 강해져서 효과가 한 번 튕겨 나오면 거의 성공하지 못하게 된대."

"그러면 남은 방법은 사신을 쓰러뜨리는 것뿐인가."

"사신이라는 게 정말로 존재하는 거야?"

사신이라는 말을 들어도 티에라는 좀처럼 현실감을 느끼지 못하는 것 같았다.

이 세계에서는 사신이 몬스터의 개념으로 실재하지만 그것을 직접 목격한 사람은 거의 없었다.

아이템과 명예를 얻기 위해 위험한 곳을 탐험하는 용감한 이는 이제 동화 속에서나 찾아볼 수 있었다. 이곳은 더 이상 게임 세계가 아닌 것이다.

"그래. 이름은 아듀트로포스라고 하는데, 징그럽게 생겼어."

신은 아듀트로포스의 모습을 떠올리며 얼굴을 찡그렸다.

대략 설명하면 사람의 상반신과 뱀처럼 긴 하반신으로 이루어져 있었다.

민머리에 귀도 없는 얼굴을 가면으로 완전히 가렸고, 가면에는 눈과 입이 있을 자리에 세 개의 동그란 구멍이 나 있었다. 구멍 안은 새까만 허공뿐이라 표정을 읽을 수도 없었다.

오른팔은 어깨부터 팔꿈치, 손목까지가 극단적으로 짧은 대신 손가락이 그 열 배 이상 길었다. 왼팔은 팔꿈치 밑이 둘로 나뉘었고 팔의 표면에는 수많은 사람 눈알이 달려 있었다.

또한 상반신 전체에 주술에 쓰일 법한 문신이 그려져 있다.

하반신은 뱀과 흡사하지만 비늘 사이로 곤충이나 갑각류 같은 다리가 돋아나서 빠르게 이동할 수 있었다.

여성뿐만 아니라 남성 플레이어들도 처음 보면 제대로 움직이지 못할 만큼 혐오스럽기로 유명했다.

"원래는 그렇게까지 강한 보스가 아니지만 집어삼킨 기억의 숫자에 따라 더 강해져. 지금은 어떤 상태인지 모르니까 처음부터 전력을 다해 쓰러뜨리는 게 좋을 것 같아."

사신 아듀트로포스는 사람들의 기억을 힘으로 바꾼다.

게임 시절에는 수백에 이르는 기억을 빼앗았기 때문에 대폭 강화되어 있었다.

물론 지금의 신이라면 어떻게든 쓰러뜨릴 수 있는 수준이었다. 방심은 금물이지만 그렇게까지 고전할 일은 없을 것이다.

"그리고 슈 언니에게도 원인이 있다나 봐."

"저에게…… 말인가요?"

츠무긴과 대화하던 세티가 조금 떨떠름하게 말을 꺼냈다.

이번 사건은 하멜른의 일방적인 공격이었고 슈니에게는 아무 잘못도 없었다. 슈니에게 대체 무슨 원인이 있다는 것인지 아무도 짐작할 수 없었다.

"그게 무슨 소리야?"

"츠무긴들에게 방금 전 슈 언니의 기억에 작용한 사부의 힘과 성부의 힘이 서로 싸우는 게 보였다고 해. 그런데 마지막에 사부가 아닌 슈 언니 자신의 힘이 성부의 힘을 튕겨냈대. 그래서 실패한 것 같아."

그것만 아니었어도 성부의 힘으로 기억이 회복됐을 거라고 한다.

"제 스스로 성부의 힘을 거부했다는…… 건가요. 하지만 저는 직접 아무것도 하지 않았는데요."

"그렇게 느껴졌을 뿐이라 이유까지는 모른다나 봐."

슈니가 성부에 저항할 이유는 없었다.

신은 좀 더 자세한 정보를 들을 수 없나 해서 츠무긴들을 바라보았다.

슈니의 머리 위에 엎드려서 양손으로 머리카락을 쓰다듬거나 어깨나 팔에 달라붙어 있는 등, 개체들 대부분이 슈니를 위로하려는 듯했다.

그런 모습을 보니 더 이상 물어봐도 의미가 없을 것 같았다.

"하지만 이렇게 되면 닥치는 대로 정보를 수집해서 하나하나 찾아가 볼 수밖에 없겠는데. 키시미 일족이 사신을 숭배하던 장소를 이 세계에서 어떻게 찾겠어?"

게임 시절과 지형이 동일하다면 대략적인 위치는 알 수 있었다. 하지만 이 세계에서는 뾰족한 수가 없었다.

키시미 일족이 신 일행을 노린다면 붙잡아서 장소를 알아낼 수도 있을 것이다. 하지만 하멜른은 이미 그들을 전멸시켰다고 했다.

하멜른이 거짓말을 할 이유는 없었기에 사실일 가능성이 높았다.

설령 그 말이 거짓이었다고 해도 키시미 일족이 신 일행에게 먼저 접촉해올 이유는 없었다. 아무리 기다려봐야 아무것도 달라지지는 않을 것이다.

"일단 근처까지 가면 알 수 있을 테지만, 이 대륙을 뒤지는 데만도 얼마나 오래 걸릴지 모르잖아."

"사신의 기척을 알 수 있다고?"

"이 아이들이 알려줬어. 여기를 지키는 것도 쉬운 일은 아니지만 그 오랜 세월을 낭비하기도 아깝잖아."

츠무긴과 대화할 수 있기에 얻은 능력이었다. 지금은 츠무긴들의 감지 능력과 동일한 수준임을 인정받았다고 한다.

"저기, 그 기척이 마기와는 다른 건가요?"

티에라가 조심스레 물었다. 마기와 관련되었다면 티에라도 힘이 될 수 있을 것이다.

"사신은 즐거운 기억이든 괴로운 기억이든 전부 빼앗아. 이유 따윈 없고 선악도 없지. 그래서 사신의 기척은 마기처럼 반드시 해를 끼치진 않거든. 나도 마기의 기척은 조금 아니까 다르다고 단언할 수 있어."

세티 자신도 츠무긴들과 오랫동안 함께 생활한 덕분에 알게 되었다고 한다.

"옛날에는 무척 슬픈 일을 겪은 사람들이 과거에 고통받지 않으려고 기억을 바치는 경우도 있었대. 하지만 점점 양상이 바뀐 거야. 츠무긴들의 이야기를 들어보면 사신도 처음부터 사악하진 않았다나 봐."

"그건 처음 듣는 이야기인데. 그래, 우리가 모르는 숨은 사연이 있는 거로군."

이벤트에서는 처음부터 키시미 일족이 악이고 사신은 쓰러뜨려야 하는 적으로 묘사되었다.

어느 정도의 스토리는 존재했지만 사신은 어디까지나 몬스터에 불과했고 그렇게 된 과정에 대해서는 설명되지 않았던 것이다.

"그렇다면 그냥 쓰러뜨린다고 다 해결되진 않는 거 아냐?"

"아니, 그건 괜찮대. 이미 원래대로 돌아오기엔 늦어버렸다고 하니까."

신의 질문에 세티는 주저 없이 대답했다. 츠무긴들에게 많은 이야기를 들어둔 모양이다.

"부담 없이 쓰러뜨려도 되는 건 다행이지만 일단 사신부터 찾아야 해. 사신을 섬기던 신전은 규모가 그렇게 크지도 않고…… 조금이라도 범위를 좁힐 수만 있다면 좋을 텐데."

말이 신전이지, 기껏해야 달의 사당 정도의 크기였다. 차오바트나 엘더 드래곤의 협조를 구해 공중에서 찾더라도 얼마나 많은 시간이 걸릴지 알 수 없었다.

만약 땅속으로 가라앉았다면 아예 발견하지 못할 것이다.

이제부터 어떻게 해야 할지 고민하는 신에게 묵묵히 이야기를 듣던 차오바트가 말을 건넸다.

"신. 키시미 일족의 집락이 있던 곳이라면 몇 군데 짐작 가는 장소가 있다. 뭔가 단서가 남아 있을지도 모르지 않겠느냐?"

차오바트도 모든 장소를 기억하진 못한다고 했지만 지금처럼 막막한 상황에서는 그런 정보만으로도 감사할 따름이었다.

"무턱대고 찾는 것보단 희망적이겠군. 안내해주실 수 있습니까?"

"나도 여기까지 와서 팔짱만 끼고 있을 생각은 없느니라. 맡겨두거라."

장소는 전부 네 곳이었다. 대륙 전체에 흩어진 것은 아니고 북부에 위치한 에스트 서쪽에 집중되어 있다고 한다.

근처에 마을 같은 것은 없었기에 하늘에 브레스를 내뿜어 일격에 소멸시켰다고 한다.

"그렇다면 단서도 함께 날아갔을 것 같은데요……."

"미안하군. 이런 일이 생길 줄은 나도 몰랐도다."

"아니요. 그래도 가볼 만한 가치는 있습니다. 내일 아침에 바로 출발해도 되겠습니까?"

"좋다. 싸움에 대비해 몸을 쉬도록 하거라."

라슈감으로 이동했다가 여기로 돌아오는 것만으로도 상당한 시간이 소요되었다. 차오바트의 속도라면 오늘 중에 가볼 수도 있었지만 사신이 있을지도 모르는 곳에서 밤을 새우는 것은 위험했다.

"그럼 이만. 식사는 어떻게 하시겠습니까? 재료는 잔뜩 있으니까 괜찮으시면 대접해드릴 수 있는데요."

"내가 먹으려면 사람의 몇 배는 필요할 텐데?"

도발하듯이 입가를 히죽거리며 웃는 차오바트에게 신도 웃
으며 대답했다.

"배불리 먹어도 100년은 버틸 만한 양이거든요."

일정 시간마다 재료를 만들어내는 생성기 덕분에 식재료는
특히 많이 남아 있었다. 신 일행도 조금씩 소비하고는 있지만
양이 워낙 많다 보니 도무지 줄어들 기미가 보이지 않았다.

"……그건 대단하군. 왜 그렇게 쌓아둔 건지 궁금하지만 자
세한 건 묻지 않겠노라. 오랜만에 바다 몬스터를 먹고 싶군."

"그렇다면 리바이어던 고기는 어떻습니까? 그 정도면 충분
히 양도 많고 식감도 괜찮을 겁니다."

"그 거대한 해룡 말인가. 나만큼은 아니지만 상당히 강하다
고 들었노라. 맛있는 건가?"

"맛은 보장할 수 있습니다. 삶든 굽든 생으로 먹든 전부 맛
있는 고급 식재료거든요."

"흐음, 그러면 그걸로 부탁하겠다. 이 정도는 먹고 싶도다."

차오바트는 그렇게 말하며 눈앞에 원을 그려보였다. 사람
이라면 몇천 명분은 될 만한 양이었다.

하지만 500년 동안 계속 작동한 생성기에서 회수한 식재료
는 그 정도로 꿈쩍도 하지 않았다.

리바이어던 고기는 실체화하면 수백 케구므에 이르는 거대

한 고깃덩어리였기에 차오바트의 요구를 충분히 만족시킬 수 있었다.

"우리만 안에서 먹기 그러니까 오늘은 바비큐 파티 어때? 츠무긴들도 함께."

"필 언니, 나이스 아이디어!"

필마의 제안에 세티가 크게 기뻐했다. 방금 로그하우스에서 나오며 프라이팬의 요리를 흘려버렸기에 다시 만들기 귀찮았던 건지도 몰랐다.

반대 의견은 없었기에 저녁 식사는 로그하우스 앞에서 먹는 바비큐로 정해졌다.

도구는 신이 준비하고 요리는 주로 슈니가 담당하면서 티에라와 세티가 돕기로 했다.

세티도 요리 스킬을 조금 단련했지만 혼자 만족할 만한 수준에서 멈췄다고 한다. 슈니의 스킬 레벨이 IX라는 말을 듣자마자 보조를 맡겠다고 선언했다.

"그러고 보니 필 언니는 여전히……?"

"음, 먹지 못할 정도는 아닌 수준이오."

"무슨 이야기야?"

세티와 슈바이드가 필마를 보며 말하는 것을 보고 궁금해진 신이 물었다. 내용은 대충 짐작이 갔지만 말이다.

"난 원래 먹는 담당이야."

"조금은 배워두는 게 좋지 않을까? 그러면 난 도와주러 갈게."

세티는 그렇게 말하며 슈니 쪽으로 걸어가 버렸다.

"모두와 재회한 뒤로는 나오는 요리가 워낙 맛있는 걸 어떡
해."

"그 말엔 동의하지만 배워둬서 손해 볼 건 없다고 생각하는
데."

"그럼 너희 둘은? 여자니까 요리를 배워야 한다는 건 차별
아냐?"

신의 말이 거슬렸는지 필마가 두 남자를 째려보았다.

"그렇게 복잡한 요리만 아니면 어느 정도 만들 수 있는데?
원래부터 혼자 살았거든."

"나도 여행했던 시간이 길어서 말이오. 조금은 손에 익혀두
었소이다."

"으, 왜 둘 다 묘하게 가정적인 거야?"

신과 슈바이드는 필요에 의해 배우게 된 것뿐이었다. 신은
스킬 덕을 조금 보기도 했지만 슈니와 세티의 요리에 비하면
있으나마나 한 수준이었다.

너무 놀리면 안 될 것 같아서 신은 화제를 바꾸어 필마와
슈바이드가 『영광의 낙일』 이후에 어떻게 지냈는지를 들었다.

"아, 좋은 냄새가 나는 걸 보니까 이제 거의 완성된 것 같은
데."

그때 풍겨온 향긋한 냄새에 필마뿐 아니라 신과 슈바이드

도 대화를 중단하고 냄새가 나는 쪽으로 시선을 돌렸다.

석쇠 위에서 꼬치에 꿴 고기와 채소, 생선들이 익어가는 소리가 들렸다.

그것들을 굽는 것은 티에라와 세티였다. 한편 슈니는 신이 건네준 리바이어던 고기를 창만큼 커다란 꼬치에 꿰고 【파이어】마법으로 익히고 있었다.

그것을 지켜보는 차오바트의 콧구멍이 벌렁거렸다. 최상급 몬스터도 맛있는 음식에는 맥을 못 추는 모양이다.

신의 어깨 위에서 조용히 이야기를 듣던 유즈하도 못 참겠다는 듯이 앞발로 옷을 두드렸다.

"신! 신!!"

"알았어."

신도 고개를 끄덕이며 티에라와 세티에게 다가갔다.

"음~ 역시 나보다는 너희가 만드는 게 훨씬 낫다니까~."

"필마. 그건 너무 얌체 같지 않소?"

바로 꼬치를 집어 입에 무는 필마를 보며 슈바이드가 주의를 주었다.

필마는 안 들린다는 몸동작과 함께 재빨리 티에라의 등 뒤로 숨어버렸다.

"뭐, 오늘 정도는 괜찮잖아. 우리도 먹자."

음식을 준비해준 티에라와 세티에게 감사를 표하며 신도 꼬치를 집었다.

먼저 고기부터 한입 베어 물자 적당한 식감과 함께 신의 입 안에 육즙이 넘쳐흘렀다.

고기에는 양념이 발라져 있는지 매콤달콤함과 육즙이 어울리며 한층 멋진 맛을 냈다.

"유즈하, 재료는 많으니까 그렇게까지 안 해도 돼."

유즈하는 여우 상태로는 먹기 힘들 것 같았는지 사람으로 변신해 고기를 우물거리고 있었다. 양손에 꼬치를 들고 입에도 음식을 잔뜩 집어넣어 뺨이 잔뜩 부풀었다.

성장한 외모로 아이 같은 행동을 하자 상당한 위화감이 느껴졌다.

"으음, 맛있군."

조금 떨어진 곳에서는 슈니가 구운 리바이어던 고기를 차오바트가 한입에 삼키고 있었다.

맛을 본다고는 하기 힘든 식사 방법이었지만 일단은 만족스러워 보였다. 그리 많은 시간이 지나지 않았는데도 산더미처럼 쌓여 있던 고기가 이미 줄어들고 있다.

"도우러 가고 싶지만 나와 슈니는 스킬 차이가 너무 크니까 말이지."

고기를 굽는 것뿐이라면 신도 할 수 있었지만 사실은 요리 스킬도 함께 작용하고 있었다. 즉 겉보기에는 똑같이 익힌 것 같아도 맛에 엄청난 차이가 나는 셈이다.

슈니가 구운 고기를 맛본 뒤라면 신이 구운 고기가 밋밋하게 느껴질 것이다.

"최상급 몬스터까지 만족시켰어. 역시 슈 언니야!"

고기를 굽는 슈니의 모습을 보며 세티가 자기 일처럼 기뻐했다.

그 옆에서 티에라가 진지한 얼굴로 꼬치를 불에 굽고 있었다.

"티에라, 왜 그래?"

"알고는 있었지만 역시 스킬 차이가…… 말이지."

슈니도 차오바트를 먹이기 전에 작은 꼬치를 몇 개 구웠다고 한다.

티에라도 맛보기로 그것을 먹어봤는데 오랫동안 슈니의 요리를 도왔던 입장에서 자신의 실력이 부끄러워진 모양이다.

신은 시험 삼아 티에라가 구운 고기와 채소를 먹어보았다. 맛과 식감은 확실히 슈니에게 밀리지만 스킬이 없는 것치고는 꽤 맛있었다.

"……확실히 슈니보다는 부족하지만 충분히 맛있다고 생각하는데."

"위로는 됐어. 난 얌전히 재료나 썰어야지."

"위로하려는 게 아니라니까. 너희도 한번 먹어봐."

신은 확실히 하기 위해 필마와 슈바이드, 유즈하에게 티에라가 구운 것을 먹어보게 했다.

"잠깐?! 창피하니까 그만둬~."

아무도 티에라의 애원을 듣지 않았다. 신이 장난치는 것 같지는 않았기 때문이다.

양이 많지 않았기에 꼬치에서 음식을 빼 각자 먹어보았다.

잠시 침묵이 이어지다가 먼저 입을 연 것은 유즈하였다.

"슈니만큼은 맛있지 않아."

"윽!"

가차없는 평가에 티에라가 대미지를 입었다.

"하지만 세티하고 비슷해."

"뭐어?!"

그 뒤에 이어진 말에 이번에는 세티가 깜짝 놀랐다.

"그래도 난 요리 스킬을 갖고 있는데…… 나하고 같은 수준이라는 거야?"

"그럴 리 없어요. 저한테는 요리 스킬도 없는걸요."

세티와 티에라는 유즈하의 평가에 당황하는 눈치였다.

하지만 필마와 슈바이드도 유즈하와 똑같은 평가를 내렸다.

"깜짝 놀랐어. 티에라의 요리 실력이 요리 스킬 보유자와 맞먹는다는 거잖아."

"그런 일이 가능한 것이오?"

티에라와 세티도 각자 맛을 보고 나서야 신의 말이 틀리지 않았음을 인정했다.

하지만 의문은 남았다.

"저기, 혹시 티에라는 자기도 모르는 사이에 요리 스킬을 습득한 게 아닐까? 달의 사당에서 살 때도 요리를 했다고 들었고, 우리와 같이 여행하면서 꽤나 다양한 식재료를 다뤄봤잖아."

"자기 스킬을 모르는 경우도 있어?"

신의 의견에 세티가 의아함을 표시했다. 새로운 스킬을 습득하면 메뉴의 스킬 항목에 【NEW】라고 표시되기에 놓칠 리가 없는 것이다.

"티에라는 원래 일반인……이라고 해도 될지는 모르겠지만, 어쨌든 메뉴 화면을 볼 수 없었어. 지금이라면 볼 수 있을 테니까 한번 확인해보는 게 어때?"

"그래. 잠깐만 기다려봐."

메뉴를 확인하는 것은 게임 시대에 살았던 플레이어와 서포트 캐릭터, 혹은 플레이어와 유사한 존재인 선정자의 습관이었다.

그에 해당하지 않는 티에라는 메뉴를 자주 열어보지 않는 게 당연했다.

예전에 고향에서 살 때 무녀 직업을 가졌다는 사실도 다른 【애널라이즈】 보유자를 통해 알게 되었다고 한다.

"……어?"

스킬을 확인한 티에라가 믿어지지 않는다는 표정을 지었다. 시선이 좌우로 움직이는 것은 목록을 확인하기 위해서일 것이다.

"왜 그래?"

티에라가 가진 스킬은 많지 않을 것이다. 그런 것치고는 확인하는 데 시간이 오래 걸리는 것 같아서 신이 티에라에게 물었다.

"이상해. 요리 스킬이 레벨 IV. 그 밖에도 사용해본 적 없는 채찍 계열 스킬이 생겨나 있고 단검 계열 스킬도 레벨이 올라갔어. 게다가 처음 보는 마법 스킬까지 있어."

"그게 무슨 소리야?"

처음 보는 스킬이 상당히 늘어났다는 말에 확인을 권유했던 신도 놀라움을 감추지 못했다. 필마와 슈바이드 역시 마찬가지였다.

식사를 마친 뒤에도 그런 기묘한 사태에 대해 잠시 논의하게 되었다.

"흐음, 그 엘프 처자는 {계승자}가 아닌 겐가?"

"계승자라고요?"

식사 때 멀리 떨어져 있던 슈니와 차오바트에게도 사정을 설명하자 차오바트의 입에서 신도 처음 듣는 단어가 튀어났다.

자세히 들어보자 선정자와 같은 의미임을 알 수 있었다.

"그대들이 말하는 선정자는 스킬을 익히기 쉽다고 들었느니라. 처음 보는 스킬들도 사실은 처음부터 보유하고 있었던 것 아닌가?"

"아니요. 신 덕분에【애널라이즈】를 익혔을 때 제 스킬을 확인해봤지만 이런 건 없었어요. 여행하면서 사용해본 기억도 없고요."

티에라는 마법 적성이 뛰어난 엘프였다. 그러니 마법 스킬이라면 자연스럽게 익혔다 해도 이상할 것이 없었다.

하지만 채찍처럼 자연스럽게 익히기 힘든 스킬도 늘어났다는 것이 문제였다.

"목록으로 만들어보면 이게 전부인가. 음?"

"왜 그러시죠?"

종이에 적은 스킬명을 살펴보던 신은 문득 어떤 사실을 깨닫고 놀라는 소리를 냈다.

슈니가 물었지만 신은 아무것도 아니라며 고개를 저었다.

단언하기에는 확증이 없었기 때문이다.

"도무지 모르겠네. 티에라는 세계수의 무녀라고 했잖아. 그것하고 상관있지 않을까?"

"없을…… 거예요. 애초에 무기나 마법을 자주 쓰는 직책이 아니었거든요."

각자 떠오른 가설을 이야기해봤지만 원인을 밝혀낼 수는 없었다.

실제로 사용해봐도 스킬은 정상적으로 발동되었다. 게임 시절처럼 버그나 에러로 잘못 표시된 것은 아니었다.

"이제 남은 가능성은 그것 정도겠지."

"그것?"

신이 꺼낸 것은 필마가 수백 년 동안 갇혀 있던 『계의 물방울』 조각이었다.

"세티에겐 아직 말 안 했지? 필마를 구할 때 이게 모두의 몸에 들어갔어. 그때 능력치도 올라간 것…… 같아."

그때의 상황을 설명하려 했을 때 다른 동료들이 그랬던 것처럼 실체화된 『계의 물방울』이 빛으로 변하며 세티의 몸에 흡수되었다.

세티는 즉시 피하려 했지만 무슨 이유인지 츠무긴들이 옷을 잡아 방해했다. 빛에 정통으로 맞은 세티의 몸이 은색과 흰색으로 빛났다.

"……능력치가 올라갔어. 지금이라면 근접전도 할 수 있을 정도야. 아니, 이 정도면 반칙 아냐?"

갑작스러운 사태에 당황하던 세티는 상승한 능력치를 확인하더니 눈썹을 찡그렸다. 게임 때라면 두 번은 환생해야 올릴 수 있는 수치였기 때문이다.

츠무긴은 방금 전의 빛이 세티에게 도움이 된다고 말했다. 다만 그 빛에 대해 완전히 이해한 건 아니라서 원리까지 설명하진 못하는 것 같았다.

다만 세티가 확인해본 결과 스킬은 변화가 없었다.

신은 확실히 해두기 위해 다른 동료들에게도 확인을 부탁했지만 역시 스킬이 늘어난 사람은 없었다.

"조금 석연치 않긴 해도 티에라가 강해진 것 자체는 좋은 일 아냐?"

불안해하는 티에라에게 필마가 긍정적인 이야기를 해주었다.

"짚이는 게 전혀 없어서 조금 무서워요."

"뭐, 츠무긴들도 괜찮다고 하니까 나쁜 일은 아닐 거야. 이 참에 유용하게 활용하면 되지."

신도 티에라의 불안을 덜어주기 위해 한마디 보탰다. 스킬 목록을 보다가 깨달은 사실이 진짜라면 티에라에게 힘이 되어줄 것이기 때문이다.

그리고 잠시 뒤에 다들 해산하기로 했다.

그러자 세티가 이럴 때는 기분 전환이 필요하다고 말했다. 티에라가 뭘 할 거냐고 묻자 목욕이라는 답이 돌아왔다.

"실은 말이지. 저 로그하우스 뒤에 노천탕이 있거든. 온천은 아니지만 꽤 기분 좋아."

"그거 괜찮겠네. 빨리 가자!"

"어, 저기, 아직 뒷정리가……!"

뒷정리가 끝나지 않았다며 허둥대는 티에라의 손을 세티와 필마가 억지로 잡아끌었다.

여성들이 다 함께 갈 수 있도록 신과 슈바이드가 뒷정리를 도맡기로 했다.

"자, 슈니도 어서 가."

"하지만……."

"우리도 정리 정도는 잘할 수 있어. 그보다도 티에라를 부탁할게."

"……알겠습니다."

슈니도 떨떠름한 얼굴로 그녀들의 뒤를 따랐다.

"남은 건 유즈하뿐이네."

"쿠우, 신하고 목욕할래."

"슈니하고 갔다 와."

"부으으~."

"뺨 부풀려도 안 돼."

"쿠우?"

"귀엽게 울어도 안 돼."

"음~!"

소녀의 모습일 때조차 신이 목욕할 때 쳐들어가면 슈니와 티에라의 시선이 곱지 않았다. 하물며 완전히 성장한 모습으로 난입한다면 어떤 꼴을 당할지 알 수 없었다.

그렇다면 남자로 변신하면 되지 않느냐고 물을 수도 있다. 하지만 유즈하에게 악의가 없더라도, 신은 남자와 알몸을 부대끼는 취미가 없었다.

유즈하가 달려가는 것을 지켜보는 신에게 차오바트가 말을 건넸다.

"꽤나 잘 따르는군. 내가 아는 엘레멘트 테일과는 전혀 다르도다."

"위험할 때 제가 구해주었던 영향이 클 겁니다."

신은 석쇠를 닦으며 쓴웃음을 지었다.

"단지 그것 때문만은 아닌 것 같군."

"뭐, 그건 완전체가 되면 확실해지겠죠. 유즈하의 본체는 당신처럼 우리 플레이어보다 상위의 존재니까요— ."

엘레멘트 테일은 원래 사람을 따르게 설정되지 않았다. 그래서 모든 힘을 되찾고 기억도 돌아오면 신의 곁을 떠날 수도 있었다.

신이 그렇게 이야기하자 슈바이드와 차오바트는 나란히 아니라고 부정했다.

"뒤늦게 합류한 내가 할 말은 아닐지도 모르지만 그렇진 않을 것 같군."

"으음, 동의하오."

두 사람의 눈빛은 '이 녀석이 뭐라는 거야?'라고 말하는 듯했다.

"날 좋아하는 거라고 착각하고 싶진 않아."

"난 알 수 있도다. 저건 그대를 갈구하는 암컷의 얼굴이니라."

"표현이 너무 노골적이잖아요!"

차오바트가 가차없이 이야기하자 신도 자연스레 허물없는

말이 나왔다. 여자들은 여자들끼리, 남자들은 남자들끼리 친목이 깊어가는 밤이었다.

요정향의 밤 | Chapter 3

"이곳에 또 한 번 오게 될 줄이야."

날이 저물고 달이 높이 떴을 무렵, 신은 혼자 마리노의 묘비 앞에 서 있었다.

다른 멤버들은 이미 잠들었으리라.

하늘에는 구름 한 점 없었고 조용한 달빛이 묘비와 꽃, 그리고 신을 비추었다.

"이봐, 마리노. 티에라는 너하고 뭔가 관련이 있는 거야?"

아무도 대답하지 않을 것을 알면서도 신은 말을 건넸다.

티에라가 익힌 스킬들을 신은 잘 알고 있었다.

수없이 봐온 마리노의 스킬이기 때문이다.

스킬에 대해 여러 가지로 상담해주며 습득을 도와준 적도 있었다.

한두 개면 몰라도 신이 기억하는 모든 스킬이 갖춰져 있었다.

확실하진 않지만 우연으로 치부할 수는 없었다.

"— 맞아. 이 아이 안에 내가 있어."

"……?!"

등 뒤에서 들려온 목소리에 신은 깜짝 놀라며 뒤를 돌아보았다.

아무리 개인 공간이라지만 누군가가 지근거리까지 접근해 오는 것을 신이 전혀 알아채지 못할 리가 없었다.

"티에라…… 아니, 마리노구나."

"응. 오랜만이야."

신의 눈에는 티에라와 겹쳐지듯 존재하는 마리노의 모습이 보였다. 영매가 된 티에라는 멍한 눈으로 먼 곳을 바라보고 있었다.

"안심해. 이 아이에게는 사정을 설명했으니까."

티에라에 대한 염려를 알아챘는지 마리노가 그렇게 말해주었다.

"티에라는 마리노의 환생인 거야?"

"글쎄. 나는 그냥 나로서 이 아이 안에 있어. 의식이 분명해진 건 너와 키스했을 때였지만."

히노모토에서 있었던 일을 말하는 것이리라. 신은 그때 티에라가 마리노의 혼을 불러냈다고 생각했지만 그것이 그녀 안에 있던 마리노를 깨우는 계기가 된 모양이다.

그때까지는 꿈을 꾸는 것처럼 흐릿한 상태였다고 한다. 다만 그것 역시 티에라가 세계수의 무녀가 된 뒤부터였다.

"이 아이는 여러 가지 것들과 교신할 수 있어. 사람들의 손이 닿지 못하는 곳까지 의식이 연결되거든. 어쩌면 그 때문에 내가 깃들게 된 건지도 몰라."

"그래서 세계수의 무녀가 된 거로군. 아니, 될 수밖에 없었던 건가?"

"그렇지만 이런 능력을 갖고 태어난 건 우연이야. 저주도 마찬가지고. 하지만 너와 만나게 된 건 우연이 아니었어."

마리노는 신의 눈을 똑바로 들여다보며 말했다.

"고향에서 쫓겨난 이 아이가 슈니 씨와 만난 건 내가 불렀기 때문이야. 네 달의 사당이라면 이 아이를 지켜줄 수 있을 테니까. 그 무렵엔 의식도 선명하지 않았으니까, 운이 좋지 않았다면 목소리가 닿지 못했을 거야."

자아가 분명하지 않았던 만큼 정확한 조력이 불가능했다고 한다.

하지만 마리노 덕분에 티에라는 살아남을 수 있었다. 신은 그것을 자랑스러워해도 된다고 단호히 말했다.

"고마워. 하지만 이 아이를 구한 건 나를 위해서이기도 했어."

"마리노를 위해서라고?"

영매인 티에라가 죽으면 마리노도 함께 사라질 것이다.

하지만 마리노의 표정을 보면 그런 의미로 하는 말이 아님을 알 수 있었다.

"이 아이를 구하고 싶었던 건 진심이야. 하지만 난 이 아이의 힘이 있으면 너와 다시 한번 이야기할 수 있을지도 모른다고 생각했어. 나에겐 미처 하지 못했던 말들이, 그러니까 미련이 있었거든."

"미련……."

신은 마리노의 슬픈 표정을 보며 그녀가 마지막으로 했던 말을 떠올렸다.

돌아가자고 말하며 죽어갔던 마리노의 미련이란 대체 무엇일까? 신은 알 수 없었다.

"내 말이 널 속박하고 있어. 이 아이 안에서 신을 지켜보니, 내가 잘못된 말을 남겼다는 걸 알았어."

"그렇지는— !"

그렇지 않다고 말하려던 신의 입을 마리노의 손가락이 가로막았다.

"그때의 나는 내 생각밖에 안 했어. 내가 한 말이 신을 속박하게 될 거라는 생각은 전혀 못 했어. 그러니까 다시 한번 네게 말할게."

따스하면서도 덧없는 미소를 지으며 마리노는 말했다.

"이제 노력하지 않아도 돼. 넌 약속을 지켰어. 모두를 구해줬어. 그러니까 이제 내 말에 속박되지 마. 넌 네가 하고 싶은 대로 해도 돼."

마리노는 신을 살며시 끌어안으며 자신의 마음을 전했다.

신은 그것이 티에라의 몸임을 알면서도 무척이나 그립게 느껴졌다.

"— 솔직히 말하면 이제 내게는 남은 시간이 많지 않아."

몇 분 동안 포옹한 뒤에 마리노는 엄청난 사실을 말했다. 물론 신은 그 말을 그냥 넘길 수 없었다.

"그게 무슨 소리야?"

"뭐라고 해야 좋을까. 나는 원래 죽어버려서 자의식이 없는 존재야. 지금은 확실히 의식도 있고 너와 보낸 많은 시간들을 기억하고 있어. 내가 존재할 수 있는 건 티에라 덕분이야. 하지만 점점 기억이 애매해지고 있어. 아마 지금 상태가 유지되는 것도 10분 정도가 고작일 거야."

마리노는 자신이라는 존재가 서서히 희미해진다는 사실을 냉정히 분석하고 있었다.

이미 그 사실을 받아들인 것이리라. 미련을 해결한 마리노에게서 비통함은 조금도 느껴지지 않았다.

"사라진다는…… 거야?"

"융합된다는 표현이 맞을 것 같아. 아마도 티에라는 원래 내 힘을 이어받은 선정자가 될 예정이었을 거야. 하지만 내가 남아 있어서 능력치와 스킬을 이어받지 못한 거지. 무녀의 힘만 가진 무력한 일반인이 되어버린 거야."

처음부터 자신이 없었다면 마을에서 쫓겨나지 않았을지도 모른다고 마리노는 말했다.

"글쎄. 마리노의 말이 틀리지 않을지도 몰라. 하지만 게임식으로 생각해보면 티에라가 강해진다는 건 그만큼 강력한 몬스터에게 습격당하는 것을 의미하기도 해. 오히려 피해가 더 커지지 않았을까?"

【저주의 칭호】로 출현하는 몬스터는 칭호를 얻은 사람의 능력치를 기반으로 한다. 정해진 상한선은 없지만 칭호 보유자가 강할수록 몬스터도 함께 강해지는 것이다.

마리노의 아바타 능력치는 그리 높지 않았지만 이 세계의 일반인과 비교하면 충분히 강했다.

그것을 토대로 몬스터가 출현했다면 티에라가 말한 200레벨을 훨씬 뛰어넘었을 것이다.

티에라의 고향에도 전투 전문가들이 있었을 것이다. 하지만 마리노의 힘이 없었던 덕분에 마을 주민들의 피해가 최소화되었을 가능성이 높다고 할 수 있었다.

"그랬……을까?"

"내 추측일 뿐이지만 말이지."

"그럴 땐 분명하다고 대답하는 거야."

"확증은 없잖아. 그래도 틀리진 않을 거야."

"여전히 이상한 데서 현실적이라니까."

신의 애매한 대답에 마리노는 못 말린다는 듯이 한숨을 쉬었다. 그리고 갑자기 진지한 표정을 지었다.

"저기, 신. 넌 원래 세계로 돌아가고 싶어?"

"글쎄. 솔직히 말하면 돌아가고 싶은 마음과 남고 싶은 마음이 반반정도인 것 같아."

"난 좀 더 한쪽으로 기울 줄 알았는데. 이 정도로 네가 살기 좋은 세계는 없잖아."

"처음엔 오히려 돌아가고 싶은 마음이 컸어. 하지만 여기서 나름대로 오래 지내다 보니까 이제는 쉽게 버리고 가지 못할 것 같아."

마음대로 살아갈 수 있는 세계는 무척이나 매력적이었다. 하지만 신에게 진정으로 중요한 것은 그런 게 아니었다.

"친구나 애인, 가족 같은 소중한 사람이 있고 마음 편히 돌아갈 장소가 있다는 게 내겐 가장 중요해. 그런데 지금은 양쪽 세계가 모두 그렇거든."

양쪽 세계에 똑같이 소중한 것들이 있었다. 이제는 어느 한쪽을 고르기가 힘들었다.

"이제 현실 세계에 애인은 없잖아."

"그렇다고 달라지진 않아. 전에 만나러 가겠다고 약속했잖아."

"……휴우, 정말 못 말린다니까."

마리노는 표정을 풀며 말했다. 어이없어하면서도 싫지만은 않은 눈치였다.

"그러면 슈니 씨와 티으에으음……."

"무슨 일이야?"

마리노는 슈니의 이름을 말한 직후에 갑자기 의미 불명의 말을 중얼거렸다.

무표정하던 티에라의 얼굴이 살짝 붉게 상기된 것처럼 보였다.

"갑자기 티에라가 끼어들어서…… 뭐, 됐어. 슈니 씨가 그렇게나 널 많이 생각해주니까 그 마음에 보답해도 되지 않을까?"

방금 전 일을 얼버무리고 하던 이야기를 계속 이어가기로 한 것 같았다. 마리노의 표정은 진지했다.

"슈니는 내가 설정한 서포트 캐릭터야. 너도 알고 있을지 모르지만, 호감도를 올리는 아이템으로 내게 호의를 품게 했어. 나쁘게 표현하면 세뇌한 거나 다름없잖아."

신도 모든 것이 아이템의 영향 때문이라고는 생각하지 않았다. 하지만 자꾸만 그런 생각이 드는 것도 사실이었다.

"휴우…… 남자들은 꼭 이렇다니까. 아니, 신만 그런 건가?"

"어…… 내가 뭐 잘못한 거야?"

"그렇게나 오랫동안 슈니 씨를 지켜봤으면서 세뇌라는 말이 나올 줄은 상상도 못 했어. 아무리 봐도 진심이잖아. 그걸 몰라?"

"그래도 영향을 받았을 수는 있잖아."

"없어. 100퍼센트 없어. 그 정도는 좀 알아차리라고."

"그렇게 단언할 수는……."

같은 여성이기에 알 수 있는 것이리라. 하지만 신은 어째서 마리노가 그렇게까지 확신에 차서 이야기하는지를 이해하지 못했다.

"난 신이 행복해지면 좋겠어. 하지만 여기에 남는 것과 저쪽 세계로 돌아가는 것 중에서 어느 쪽이 신에게 좋은 선택인지는 잘 모르겠어. 일단 내가 아는 건 전부 이야기해줄게."

"네가 아는 것?"

"방금 전에 원래 세계로 돌아가고 싶은 마음이 절반이라고 했잖아. 그런데 신은 갑자기 이 세계로 날아온 입장이니까 돌아갈 확률이 낮다고 생각하고 있지?"

"그야 그렇지. 영문을 몰랐는걸. 지금도 그렇고."

데스 게임이 끝났다고만 생각했던 신은 그런 전개가 펼쳐질 줄 전혀 예상하지 못했다.

지금은 돌아가고 싶어도 그럴 방법에 대한 단서가 거의 없는 상태였다.

다만 경계의 수호자를 자처한 몬스터나 성지 같은 미지의 존재들처럼 단서가 될 만한 것이 몇 가지는 있었다.

특히 경계의 수호자는 다른 몬스터들과 명백하게 달랐다.

"그것 말인데, 아마도 돌아갈 방법은 있어."

"정말이야?"

"티에라가 가진 힘 덕분에 알아낸 거지만 말이지. 지금의 신은 들어갈 그릇이 두 개 존재하는 상태야. 하나는 이쪽 세계, 게임에서 말하는 아바타의 몸. 그리고 나머지 하나는……."

"현실 세계의 진짜 몸인가."

"맞아. 원래 세계를 알고 있는 나와 티에라의 능력이 잘 맞물린 결과겠지. 그러니까 돌아갈 방법은 있을 거야. 신의 혼이나 정신 같은 걸 지금의 몸에서 분리해낼 수 있다면 자연스럽게 돌아갈 거라고 생각해."

마리노의 말에 따르면 지금의 몸보다는 현실 세계의 몸이 신의 {내용물}을 끌어당기는 힘이 더 강하다.

"혹시 죽으면 원래 세계로 돌아가는 건가?"

"가능성은 있지만 시도해볼 생각은 하면 안 되는 거 알지? 혹시라도 잘못되면 모두가 불행해지는걸."

"그냥 해본 말이야. 나도 그렇게 무모하진 않아."

아직 도박을 걸 만한 상황은 아니었다.

게다가 신의 장비는 딱 한 번 플레이어를 부활시키는 기능을 갖고 있었다. 시험해볼 방법이 없기에 발동 여부는 불분명하지만 말이다.

"그러니까 원래 세계로 돌아가는 걸 그렇게까지 비관적으로 생각할 필요는 없어."

"아니, 선택지가 늘어나면 오히려 더 복잡해져. 돌아갈 수 없다는 게 명확해지면 포기하기도 쉽잖아."

"나도 그냥 이야기하지 않을 수도 있었는데 말이지."

"내가 곤란해하는 모습을 즐기려는 거 아냐?"

"그런 건 아니야. 그냥, 공평하지 않잖아. 저쪽 세계에도 네가 돌아오길 기다리는 사람들이 있는데."

반쯤 장난으로 노려보는 신에게 마리노는 따스하면서도 엄격한 표정으로 말했다.

부모님이 있다. 형제가 있다. 친구들이 있다.

이 세계의 동료들에게 신은 무척 중요한 존재였지만 그것은 현실 세계의 사람들도 마찬가지였다.

분명 걱정하고 있을 것이다. 하루라도 빨리 눈을 뜨기를 바라고 있을 것이다.

그들의 간절함이 슈니보다 못하다는 말을 누가 할 수 있단 말인가.

"결국 돌아가든 남든 내 선택에 달려 있다는 건가."

"뭐, 그런 셈이겠지. 이걸로 내가 전해야 할 말은 전부 전했어. 후회가 적은 쪽을 선택하길 바랄게."

"보통 후회가 없는 쪽을 선택하라고 하지 않나?"

"어느 쪽을 선택하든 분명 후회는 남을 거야. 그래서 신이 이렇게 고민하는 거잖아."

마리노에게는 신의 마음이 훤히 들여다보이는 것 같았다.

"그러면 난 이제 그만 사라질게. 이러는 동안에도 티에라에게 부담이 가고 있으니까 말이지."

"저기, 이대로 영영 사라지는 건 아니지?"

신이 진지한 얼굴로 물었다. 사라진다고 말하는 마리노의 표정이 끝내 슬픔을 숨기지 못했기 때문이다.

"……들켜버렸네."

끝까지 숨길 생각이었던 것이리라. 마리노는 곤란하게 웃었다.

"여기 왔을 때 티에라가 지금까지 사용해본 적도 없는 스킬을 갖고 있었지? 그건 신이 생각한 대로 내 스킬이 맞아."

그것은 마리노가 티에라와 하나가 되어가는 증거라고 한다. 애초에 존재 자체가 불안정한 상태이므로 의식을 계속 유지하기는 힘들었던 것이다.

"여기서 작별하는 거야?"

"솔직히 말하면 모르겠어. 하지만 다음에 만날 거라고 장담은 못 해. 그러니까 지금 말해둘게. 안녕."

마리노의 미소가 신에게는 눈부시게 보였다. 신에게는 자신의 소멸을 이미 받아들인 마리노를 붙잡아 둘 방법이 없었다.

"마리노……."

"이번에는 웃는 얼굴로 보내주지 않을래?"

가지 마. 사라지지 말아줘.

신의 목구멍까지 올라왔던 말은 마리노의 미소 앞에서 흩어지고 말았다.

손을 뻗어도 만질 수 있는 것은 티에라의 몸일 뿐이다. 아무리 노력한다 해도 마리노를 이 세계에 붙잡아 둘 수는 없었다. 하이 휴먼의 힘도 지금은 무력했다.

무슨 말이든 해야 한다. 하지만 아무 말도 나오지 않았다.

이번이 마지막이라는 보장은 없다.

이번이 마지막일지도 모른다.

가슴이 아파왔다.

"그럼 안녕. 내 사랑하는 사람."

그 말을 마지막으로 티에라와 겹쳐졌던 마리노의 모습이 천천히 빛나기 시작했다.

그리고 그 빛이 티에라의 심장이 있는 쪽으로 빨려 들어갔다.

"마리노……."

"……."

마리노는 대답하지 않았다. 그저 온화하게 미소 지을 뿐이다.

그녀의 모습이 사라지는 순간, 신은 간신히 안녕이라는 말을 꺼낼 수 있었다.

†

"―음."

빛이 완전히 흡수되자 티에라의 얼굴에 표정이 돌아왔다.

마리노가 말한 대로 꽤나 에너지를 소모했는지, 비틀거리는 몸을 신이 다급히 부축했다. 그리고 그대로 천천히 땅에

앉혔다.

"힘을 빌려줘서 고마워."

"……응."

고마움을 표하는 신의 목소리에도, 그리고 대답하는 티에라의 목소리에도 기운이 없었다.

마리노의 대화에 간섭한 것을 통해 빙의 중에도 티에라의 의식이 남아 있다는 사실은 신도 알 수 있었다. 신과 마리노의 대화 내용도 당연히 전부 들렸으리라.

"저기, 신은…… 아니, 아무것도 아냐."

티에라는 무슨 말을 꺼내려다가 끝내 입을 다물었다.

땅에 앉은 채로 고개를 숙이고 있어서 표정은 보이지 않았다.

다만 무슨 말을 하고 싶은지는 신도 이미 알고 있었다.

"돌아가서 쉬자. 걸을 수 있겠어?"

신은 티에라가 하려던 말에는 대답하지 않고 손을 내밀었다. 마리노 덕분에 생겨난 귀환의 희망이 오히려 신을 더 혼란스럽게 만들었다.

"미안. 아직 몸에 힘이 들어가지 않아. 방까지 데려다줄 수 있을까?"

밤바람은 적당히 시원했고 오래 머무른다고 감기에 걸릴 것 같지는 않았다.

하지만 티에라는 방에서 쉬고 싶어 했다.

신은 티에라가 희망한 대로 방까지 업어주기로 했다. 신의 능력치라면 아무 부담 없이 티에라를 업을 수 있었다.

티에라는 몸에 힘이 들어가지 않는다며 마음껏 등에 기대고 있었다. 찰싹 달라붙은 정도는 아니지만 상당히 밀착된 상태였다.

마리노와 작별한 직후였기에 신은 그것을 크게 의식하지 않을 수 있으리라 생각했다.

하지만 마음이 나약해진 탓인지 신의 몸은 오히려 티에라의 체온을 갈구하고 있었다.

이유는 뻔했다. 몇 분 전에 끌어안았던 마리노의 체온을 다시 한번 느끼고 싶었기 때문이다.

"신의 등 말인데."

마리노의 무덤이 있는 꽃밭에서 나왔을 때 갑자기 티에라가 입을 열었다.

신의 귀에 티에라의 숨이 닿았다. 게다가 지친 탓인지 작게 속삭이는 듯한 목소리였다.

말없이 자신과의 싸움을 벌이던 신은 귓가에서 들린 티에라의 목소리에 가슴이 철렁했다.

"내 등이 왜?"

"그게 말이야, 상상했던 것보다 넓은 것 같아서."

"그래? 나야 내 등을 못 보니까 말이지."

마음의 동요를 숨기고 귀에 닿는 간지러운 숨결을 참으며 신이 묻자 티에라는 신의 어깨에 얼굴을 기대며 말했다.

"남자 등은…… 원래 이런가? 아니면 신이라서…… 그런 걸까?"

"무슨 소리야?"

"굉장히 편해. 이렇게 몸을 맡기고 있는데도 마음이 조금도 불안하지 않아. 아니, 안심이 된다고 해야 맞을 것 같아."

무척 평온하고 따뜻한 목소리였다. 티에라의 말이 진심인 것을 알 수 있었다.

"계속 이대로 있어도 괜찮을 것 같다는 생각이 들어."

"나한테는 조금 곤란하다고."

장난스럽게 말하는 신에게 티에라의 대답은 돌아오지 않았다. 조금 신경이 쓰였지만 규칙적인 숨소리가 들리는 것을 보면 잠이 든 것인지도 모른다.

"이런, 어떻게 열지?"

티에라의 방 앞에 도착한 신은 티에라를 업은 상태에서는 문을 열 수 없다는 사실을 깨달았다. 하지만 살짝 자세를 바꾸어 겨우 문을 열고 안으로 들어갔다.

신에게 배정된 방처럼 간소한 구조였고 네 평 남짓한 공간에 커다란 침대가 놓여 있을 뿐이었다.

"자, 방에 도착했어."

"……응."

비몽사몽한 상태인지 티에라는 멍하게 대답했다.

"근데 있지, 신은 원래 세계라는 곳으로 돌아갈 거야?"

"글쎄. 아직 못 정했어."

"돌아갈 수 있으면 돌아가는 게 좋아."

"……티에라?"

신이 불렀지만 대답은 없었다. 침대에 앉은 채 상반신을 휘청거리고 있어서 의식이 있는 건지도 확실하지 않았다.

"아버지와 어머니가 기다리고 계시잖아. 태어난 고향……인 거잖아. 돌아갈 장소가 있다면 돌아가는 게 맞아."

"그건…….”

"그러지 않으면…… 나는…….”

"티에라? 이봐, 티에…… 잠들어버렸네."

마지막에 뭔가 중요한 말을 하려는 것 같았지만 갑자기 침대에 풀썩 쓰러지더니 조용한 숨소리를 내기 시작했다.

궁금하긴 했지만 그것 때문에 깨울 수도 없는 일이다. 신은 신발을 벗기고 이불을 덮어준 뒤 티에라의 방을 나왔다.

신이 자기 방으로 돌아오자 문 앞에 슈니가 있었다. 잠옷 위로 가운을 걸친 모습이었다.

안에 신이 없다는 것을 알았는지 그녀의 시선은 처음부터 이쪽을 향하고 있었다.

"무슨 일이야? 이런 시간에."

"잠시 이야기를 하고 싶어서요. 피곤하시면 나중에 해도 되지만요."

이미 깊은 밤이었고 다른 사람의 방을 찾아오기가 망설여지는 시간대였다.

신이 티에라의 방으로 돌아왔을 때부터 슈니가 기다리고 있다는 것을 미니맵으로 알고 있었다.

아마 신과 마리노가 이야기를 나누는 동안에도 쭉 기다렸으리라.

"뭐, 여러 가지 일이 있었지만 괜찮아. 들어가서 이야기하자."

신은 방문을 열고 슈니를 안에 들였다. 잠옷 차림인 슈니에 맞춰 신도 평소에 입는 트레이닝복으로 갈아입었다.

"티에라와 뭔가 이야기하는 것 같던데, 무슨 일이라도 있었나요? 티에라가 나갈 때 평소와 달라 보여서 조금 걱정이 됐거든요."

"슈니는 기억을 잃어서 모르겠지만 티에라는 이 세계에서 무척 희귀한 세계수의 무녀라는 존재야. 그런데 무녀의 힘 중에 죽은 사람의 혼을 자신에게 빙의시키는 능력이 있어."

"죽은 사람의 혼……이라고요? 그러면 티에라가 아닌 다른 사람과 이야기를 한 건가요?"

"그런 셈이지. 뭐, 이번에는 단순한 빙의하고 조금 달랐지만 말이야."

긍정하는 신을 보며 슈니는 어두운 표정을 지었다.

"그러면 대체 어느 분과 만나신 건가요?"

"마리노야. 음, 전에도 이야기한 적이 있었지? 내 애인이었던 사람이야."

"그러고 보니 그런 이야기도 들었던 것 같네요. 그때는 갑자기 두통이 와서 놀랐어요."

"그건 나도 마찬가지야. 아니, 우리가 훨씬 더 놀랐을걸."

애인이라는 말을 들은 순간 슈니가 머리를 감싸 쥐었던 것이다. 무슨 일이 벌어진 건지 모르는 신도 잔뜩 동요할 수밖에 없었다.

"그래서, 저기, 마리노 씨와는 어떤 이야기를……?"

"어…… 뭐, 그냥, 여러 가지 이야기를 했지."

슈니의 감정을 생각하면 숨겨야 하는 것인지도 모른다.

하지만 중요한 거짓말일수록 꼭 최악의 시점에 들통나곤 한다. 그럴 경우 사태가 더욱 나쁜 방향으로 흘러갈 수밖에 없었다.

영화에서나 나올 법한 극적인 위기 상황도 현실에서는 충분히 찾아올 수 있었다.

"……아무것도 숨기지 말자고 해놓고 내가 숨길 수는 없겠지."

슈니가 PK에 대해 잠자코 있었을 때 신은 이제 아무것도 숨기지 말라고 이야기했다. 그렇다면 자신도 그렇게 해야 한다는 생각에 신은 마리노와의 대화 내용을 말해주기로 했다.

신은 스스로 내용을 정리해가며 슈니에게 하나씩 이야기해 나갔다.

마리노가 티에라와 하나로 융합되고 있다는 것을.

그에 따라 마리노의 의식이 사라질 가능성도 있다는 것을.

티에라가 마리노의 능력을 이어받았다는 것을.

원래 세계로 돌아갈 방법이 존재할 확률이 높다는 것을.

"그랬……군요……."

이야기를 전부 전해 들은 슈니는 입가를 손으로 감싸며 고개 숙였다. 신이 사라질 확률이 높아졌으니 슈니에게 결코 바람직하지 않은 상황이었다.

신은 무슨 말을 해야 좋을지 알 수 없었다. 이곳에 남겠다고 하면 슈니도 안심할 테지만 신의 마음은 아직 확실히 정해지지 않았다. 그러니 섣불리 말할 수는 없는 노릇이다.

"주인님……."

슈니는 고개를 숙인 채로 신의 트레이닝복을 잡더니 그의 품에 얼굴을 묻었다.

"저는 주인님이 남으면 좋겠어요. 우리에게는…… 저에게는 주인님뿐이에요."

쥐어짜는 듯한 목소리로 슈니가 말했다. 그녀의 등이 미세하게 떨리고 있었다.

"슈니……."

"어리광이라는 건 알아요. 하지만 저는 {신}이 여기에 있길 바라요."

신은 놀랐다.

기억을 잃은 지 며칠밖에 안 되었는데도 슈니의 반응은 놀라울 만큼 예전과 비슷했다.

성부의 효과일까? 아니면 사신의 영향이 약해진 것일까?

눈에 보이는 수준은 아닐지라도 슈니는 원래 상태로 돌아오고 있는 것 같았다.

신이 아무 말도 하지 않자 슈니는 트레이닝복에서 손을 떼며 고개를 들었다. 그녀의 눈가에서 무언가가 반짝거렸다.

"……죄송해요. 저도 모르게 흥분했네요."

"아니, 아직도 결론을 내리지 못한 내 탓이야. 슈니가 미안해할 건 없어."

"아니요. 종자 주제에 주인의 행동을 속박하려 하다니, 너무나 주제넘은 짓이에요."

"그렇게 심각하게 생각하지 않아도 된다니까. 아, 그렇지. 나한테 뭐 할 말이 있어서 온 것 아니었어?"

신경 쓰지 말라고 아무리 말해봐야 효과가 없을 것 같기에 신은 화제를 바꾸기로 했다.

"예전의 제가 강하게 의식했던 말을 듣고 몸이 확실하게 반응했던 적이 몇 번 있었죠? 성부를 사용했을 때 적게나마 기억이 돌아왔으니까 신과 이야기를 하다 보면 또 뭔가가 떠오르지 않을까 싶어서요."

갑자기 몸에 두통 같은 이상이 왔던 상황을 말하는 것 같았다.

"그랬구나. 얼마나 돌아왔⋯⋯는지를 말로 표현하긴 힘들겠지. 구체적으로 어떤 기억이 났는데?"

신은 말을 바꾸어 질문했다.

"주인님이 돌아오시기 전의 사소한 일들이 대부분이에요. 다만 가장 자주, 그리고 강하게 생각했던 건 주인님에 대한, 아니 신에 대한 마음이었다는 게 느껴져요."

"나에 대한?"

예전의 슈니를 떠올려보면 충분히 그랬을 법한 이야기였다. 자신을 그 정도로 생각해주었다는 말이 기뻤다.

"제대로 설명하기 힘들지만, 지금의 저는 종자로서의 저와 당신을 사랑하는 그녀가 합쳐진 상태⋯⋯가 아닐까요? 이렇게 옆에 앉아 있는 것만으로도 저는 말로 표현하기 힘들 만큼 행복해져요. 하지만 ─."

거기서 슈니는 말을 끊었다.

그리고 무릎 위에 놓아두었던 손을 뻗어 조용히 신의 뺨을 만졌다. 마치 깨지기 쉬운 것을 다루는 것처럼 천천히 신의 존재를 확인하는 듯했다.

"정말로 신을 생각한다면 보내주어야 한다고 생각하기도 해요. 이 행복을 버려야 한다고 생각하기도 하고요."

혼란스럽고 곤혹스럽다 ─ 슈니는 그렇게 말을 이어나갔

다.

"원래대로라면 이렇게 만질 수 있다는 것조차 기적일 텐데, 저는 그다음을 바라곤 해요. 당신에게 사랑받고 싶다는 생각이…… 자꾸만 들어요."

슈니의 어깨에 걸치고 있던 가운이 떨어졌다. 그와 동시에 얇게 비치는 잠옷이 그대로 드러났다.

신은 창문으로 들어오는 달빛만으로도 슈니의 모습을 선명히 볼 수 있었다.

문 밖에서 만났을 때부터 신경 쓰이던 잠옷이 눈앞에 드러나자 신은 마른침을 꿀꺽 삼켰다.

"흥분……되시나요?"

슈니의 얼굴이 가까웠다. 익숙한 목소리가 오늘따라 요염하게 들렸다.

"대체 무슨 소리를……."

"모른다고 하실 건가요?"

슈니의 눈빛이 그럴 리 없지 않느냐고 묻고 있었다.

"제가 무엇을 원하는지, 정말로 모르시는 건가요?"

슈니가 신의 목 뒤로 팔을 감으며 몸을 기댔다. 어쩔 줄 몰라 하던 신은 쉽게 뒤로 넘어졌다.

얼굴이 가까웠다. 숨소리마저 들릴 것 같았다. 윤기 있는 은발이 중력에 따라 신의 얼굴에 드리워지면서 그의 시선이 슈니에게만 집중되었다.

그뿐만이 아니었다. 신의 가슴 위로 슈니의 가슴이 눌리며 모양이 바뀌어 있었다.

부드러운 감촉과 슈니가 쓰러지면서 낸 작은 교성이 신의 이성을 엄청난 기세로 마비시켰다.

"슈니, 정말 왜 이러는 거야?"

신은 분위기에 휩쓸리지 않으려고 필사적으로 버티며 슈니를 떼어냈다. 잠깐의 저항 뒤에 목 뒤로 둘렀던 슈니의 팔에서 힘이 빠져나갔다.

여전히 슈니에게 깔린 상태였지만 일시적이나마 치명적인 감촉에서 벗어난 것은 다행이었다. 하지만 그보다도 슈니의 변화가 걱정이었다.

"슈니? 이봐, 왜 그래?!"

밀착된 몸을 떼며 안심하는 것도 잠시. 슈니가 머리를 감싸 쥐며 괴로워하고 있었다.

저항을 멈춘 것은 그 때문이리라. 갑자기 얼굴을 일그러뜨린 것을 보면 자신도 예측하지 못한 상황인 것 같았다.

"괜찮……아요. 곧 가라앉을 테니까요."

"설마 혼자 있을 때도 이랬던 거야?"

신이 본 것만 해도 한두 번이 아니었다.

하지만 슈니라면 동료들에게 걱정을 끼치지 않으려고 혼자 견뎌냈을 가능성이 농후했다.

"이젠 괜찮아요."

5분도 지나지 않아 슈니의 안색이 나아지고 있었다. 괜찮다는 말이 거짓은 아닌 것 같았다.

　하지만 이런 상태라면 방금 전의 분위기를 이어나갈 수는 없었다.

　아직도 슈니의 표정은 조금 힘들어 보였다. 혹시나 해서 뺨에 손을 갖다 대자 예상외로 뜨거웠다.

　"몸 상태도 안 좋은데 그런 짓을 한 거야?"

　"활동하는 데 지장은 없어요. 열도 조금 지나면 가라앉을 거고요. 지금은 이쪽이 더 중요하니까요."

　"안 돼. 얌전히 쉬어. 난…… 금방 어떻게 되진 않을 거야. 이야기라면 나중에 또 들어줄게."

　신은 중간에 말을 얼버무리면서도 슈니의 등과 무릎 뒤쪽으로 팔을 넣었다.

　몸이 안 좋은 탓인지 슈니는 신이 자신의 몸을 안아 올리는데도 아무 저항을 하지 못했다.

　"미안해요. 조금 냉정함을 잃었던 것 같아요."

　"아…… 뭐, 확실히 슈니라는 게 믿어지지 않을 만큼 적극적이었어."

　"몸을 이용해 잡아두려 하다니, 생각이 얕았어요. 지금은 바보같이 느껴지는데, 방금 전에는 그럴 수밖에 없다고 생각했거든요."

　슈니는 내가 나를 알 수 없다며 힘없이 말했다.

"어중간하게 기억이 돌아온 탓에 이상한 영향을 받은 건지도 몰라. 미안해. 조금만 더 기다려줘. 금방 사신을 쓰러뜨릴 테니까."

절반이라는 애매한 확률에 의존하지 않고 바로 사신 토벌에 나서야 했었다는 생각에 신은 조금 후회했다.

하지만 슈니가 기억을 잃은 직후에는 그것도 쉽지 않았을 것이다.

성부의 재료를 찾아 라슈감에 가지 않았다면 차오바트, 세티 같은 협력자와 만나지 못했을 테니 말이다.

"그러면 내일 ─ ."

"저기……!"

슈니를 방 침대에 눕히고 밖으로 나가려던 신을 슈니가 불러 세웠다.

일어서 있던 신이 침대 옆에서 한쪽 무릎을 꿇자 이불 속에서 슈니의 오른손이 뻗어 나왔다.

"잠이 들 때까지만, 저기…… 손을 잡아주지 않을래요?"

슈니는 이불로 얼굴을 반쯤 가리며 말했다. 자신을 덮칠 때의 대담함은 어디로 사라졌는지, 머리카락 사이로 드러난 귀는 새빨갛게 달아올라 있었다.

"……알았어. 그 정도야 쉽지."

신의 손이 슈니의 손을 살며시 감쌌다. 열 때문인지 가느다란 손끝까지 뜨겁게 달아오른 것 같았다.

"조금 어린아이 같은가요?"

"뭐 어때. 이럴 때 정도는 어리광도 부려야지."

"그러……네요. 기억이 돌아오면…… 한 번…… 부탁……
될까……요?"

"그래, 약속할게."

안심했기 때문인지, 아니면 너무 무리한 탓인지 모르지만
슈니는 신도 놀랄 만큼 빠르게 잠들어버렸다.

신은 자는 모습을 계속 지켜보는 것도 예의가 아니다 싶어
서 아쉬움을 느끼면서도 방에서 나왔다.

"저런 상태가 되어서도 날 생각해주는 건가."

남을 것인가, 돌아갈 것인가.

양쪽 모두 가능하다는 것을 알게 되어 고민이 깊어지고 있
었다. 하지만 마리노의 말을 듣고 균형이 한쪽으로 기운 것도
사실이었다.

슈니의 질문에 제대로 대답하지 못했던 건 아직은 어느 한
쪽을 버릴 각오가 되어 있지 않았기 때문이다.

그리고 슈니의 마음이 진심인지 확신할 수 없었기 때문이
다.

"아니, 그건 변명이겠지."

마리노가 단언한 것처럼 호감도 아이템으로 감정을, 마음
을 조종했다고 생각하는 것은 슈니에 대한 모독이었다.

어쩌면 원래 세계로 돌아갈 이유를 무의식중에 찾으려 한

탓인지도 몰랐다.

"입 밖으로 내는 게 이렇게 힘들 줄이야."

지금까지 있었던 일들, 그리고 앞으로 벌어질 일들까지. 고민하기 시작하면 끝도 없었다.

하지만 신은 가장 후회가 남지 않을 결론에 도달했다.

아니, 그 결론은 이미 오래전부터 나와 있었다.

슈니에게 쉬라고 이야기하며 순간적으로 말을 얼버무린 것은 그 말을 도저히 꺼낼 수 없었던 탓이다.

관계를 끊어내는 말은 신의 목구멍에서 멈추고 말았다.

"슈니의 기억이 돌아오면 제대로 말해야겠지."

자신에게 가장 후회 없는 선택이 무엇인지를 생각했을 때 가장 먼저 떠오른 것은 슈니와 재회할 때 들었던 "잘 돌아왔어요"라는 말이었다.

돌아왔다는 안도감을 느꼈을 때부터 답은 이미 나와 있었는지도 모른다.

"미안, 슈니. 하룻밤만 더 시간을 줘."

신은 슈니가 자는 방을 돌아보며 그렇게 중얼거렸다.

하지만 그 하룻밤의 시간조차 남아 있지 않다는 것을 다음 날 아침에야 알게 되었다.

✝

"여기는······."

신의 손을 잡고 눈을 감았던 슈니는 꽃밭 안에서 의식을 되찾았다.

아담한 언덕 위, 밝은 빛 아래에서 낯익은 꽃들이 바람에 흔들리고 있었다.

여기가 어디인지는 금방 알 수 있었다.

어제 처음 왔던 곳이지만 신의 동요하는 표정과 행동이 인상에 강하게 남은 탓이다.

신의 옛 애인인 마리노가 영원히 잠든 장소였다.

─ 그래, 네 주인의 마음에 지금도 자리 잡은 여자를 떠올릴 수 있는 장소.

"몸이······!"

고개를 조금 돌려서 주위를 돌아볼 수는 있었다. 하지만 누워 있는 몸은 조금도 움직여지지 않았다.

마치 몸이 땅에 달라붙은 것처럼 아무리 힘을 줘도 미동도 할 수 없었다.

구속 계열 스킬에 당하더라도 지금의 슈니라면 땅을 뒤집어서라도 풀려날 수 있었다. 그런데도 팔에 힘이 들어가지 않왔다.

"그런 데서 뭐 하는 거야?"

"……주인님?"

어떻게든 움직이려 애를 쓰던 슈니에게 슈니의 주인이자 가장 사랑하는 사람인 신의 목소리가 들려왔다.

어깨에는 유즈하가 앉아 있고 옆에는 티에라도 있었다.

"꾸물거리면 놓고 간다."

신은 그렇게 말하더니 슈니의 옆을 지나쳐서 언덕 위로 올라가 버렸다. 슈니를 조금도 신경 쓰는 것 같지 않았다.

그리고 그 옆에는 티에라가 나란히 걸어가고 있었다. 자세히 보면 티에라에게 누군가의 그림자가 희미하게 겹쳐져 있었다.

"크윽!"

아니, 그곳에는 내가 있어야 해.

걸어가는 두 사람을 보며 슈니의 마음속에 그런 말이 떠올랐다.

몸을 일으키려 했지만 가위라도 눌린 것처럼 팔다리가 전혀 움직이지 않았다.

— 저 엘프에겐 주인이 사랑하는 사람의 마음이 깃들어 있다. 옆에 있는 게 당연하다.

"주인님!"

신은 슈니의 외침에 반응하지 않았다. 티에라와 함께 웃는 얼굴로 대화를 나누며 천천히 언덕을 올라갈 뿐이다.

언덕 너머에는 슈니가 한 번도 본 적 없는 광경이 펼쳐지고 있었다.

"저건……."

들어본 적이 있었다.

빌딩이라 불리는, 사람이 만들었다는 것이 믿기지 않는 거대한 건물.

전기의 힘으로 움직이는, 마법 도구로도 재현이 불가능한 정밀한 기계.

처음 보는 옷들.

말도 없이 달리는 강철 수레.

거리 안에 다리가 놓여 있고 그 위를 사람들이 왕래했다.

마력도 없고 몬스터도 없는 세계. 그럼에도 불구하고 사람 몇만 명을 단숨에 죽이는 병기가 있다.

그곳이야말로 신을 비롯한 하이 휴먼들이 늘 이야기하던 현실 세계였다.

신과 티에라는 그곳을 향해 나아가려 하고 있었다.

— 저건 네가 닿을 수 없는 장소. 너는 혼자 남겨질 것이다.

"기다려요!!"

슈니는 다급하게 외쳤다. 신이 원래 세계로 돌아가려 하고 있었다.

쫓아가야만 한다.

그렇게 생각한 순간, 팔다리를 속박하던 감각이 사라졌다. 슈니는 어떻게 된 일인지 생각하는 대신 달리기 시작했다.

신과 티에라는 슈니보다 십여 메르 앞을 걸어가고 있었다. 슈니의 속도라면 단숨에 따라잡을 수 있었다.

하지만 거리는 조금도 좁혀지지 않았다. 좁혀지기는커녕 점점 멀어지고 있었다.

"어째서……!"

어째서 따라잡을 수 없는 것일까?

아무리 땅을 박차도 주변 풍경은 바뀌지 않았다. 아무리 손을 뻗어도 신에게 닿을 수는 없었다.

슈니는 엄청난 초조함에 휩싸였다. 눈앞에 보이는데도, 분명 그곳에 있는데도 따라갈 수 없다.

— 닿지 않는다. 다가갈 수 없다. 너에게는 자격이 없다.

"가지 말아요!"

슈니는 견디지 못하고 외쳤다.

조금이라도 좋았다. 신의 걸음을 늦출 수만 있다면.

하지만 그런 외침마저도 신과 티에라에게는 닿지 못했다.

"앗?!"

다시 몸이 움직이지 않게 되었다. 땅에 쓰러지며 몸이 흙으로 더럽혀졌다.

고개를 들자 기어서라도 나아가려는 슈니를 비웃듯이 신과 티에라는 이미 다른 세계에 도착해 있었다.

넘어진 슈니의 눈앞에서 두 사람의 모습이 빛에 삼켜졌다.

"안 돼……."

선택받지 못했다. 이곳에 남아주지 않았다.

슈니가 생각할 수 있는 최악의 미래가 눈앞에 펼쳐져 있었다.

"안 돼애애애애애애애애애─."

슈니는 빛을 향해 손을 뻗으며 외쳤다.

닿지 않는다. 이미 늦었다.

눈앞의 광경이 눈물로 흐릿해진 다음 순간, 눈이 떠졌다.

"─앗."

슈니는 순간적으로 자신이 어디 있는지 알 수 없었다.

【암시】스킬 덕분에 내뻗은 손 너머로 천장이 보였다.

익숙하진 않지만 처음 보는 천장은 아니었다.

슈니는 빠르게 뛰는 심장과 거친 숨을 가다듬으며 몸을 일으켰다.

"꿈……?"

그 사실에 안심하는 것도 잠시, 슈니는 꿈의 내용을 떠올리며 주변을 둘러보았다.

방 안에는 아무도 없었다. 당연히 신의 모습도 없다.

"그럴 리는…… 없겠죠?"

슈니는 신과 잡고 있던 오른손을 가슴에 품으며 중얼거렸다.

불안함은 사라지지 않았다.

뭔가 무척 불길한 말을 들었던 느낌이 들었다.

"추워……."

잠들기 전에 느꼈던 오른손의 온기는 이미 사라진 지 오래였다.

자신의 손인데도 얼음처럼 차가웠다.

"신."

사랑하는 사람의 이름을 부른다.

창조주나 주인으로서가 아니었다.

이런 감정이야말로 한 사람으로서, 한 여자로서 그를 생각하고 있다는 증거였다.

증거일 거라고 믿고 싶었다.

"으으……."

하지만 자신의 감정에 대한 확신을 가질 수 없었다. 사부의 효과 때문일 것이다. 기억도 마음도 극히 일부분밖에 돌아오지 않은 탓이다.

지금의 자신은 지독하게 일그러져 있다.

신의 이름을 부르는 것에 대해 황공한 마음도 들었다. 그것
은 종자로서의 감정이었다. 원래의 자신이 가졌던 감정은 아
니다.

원래의 자신은 친애의 감정으로 신의 이름을 불렀다. 거기
에 종자로서의 의무감 따위가 끼어들 여지는 없었다.

"신……. 신…….."

슈니는 침대에서 내려와 문을 열고 신의 방으로 향했다.

의식이 점점 흐릿해지고 있었다. 감각이 둔해지며 몸도 비
틀거렸다.

춥다. 몸이 얼어버릴 것 같았다.

— 놓치고 싶지 않다면 네 것으로 만들면 된다.

누군가의 목소리가 들렸다. 분명 들어본 목소리였다.

어디서 들었던 걸까?

아무리 생각해도 슈니는 알 수 없었다.

"내…… 것으로……."

신의 방으로 걸어가려 했음에도 어느샌가 로그하우스 밖에
나와 있었다. 그녀의 발이 향하는 곳은 요정향의 출구였다.

— 그렇게 하면 네가 갈구하는 사람은 영원히 네 곁에 있을

것이다.

"영원히…… 내 곁에……."
지금의 슈니에게 그것은 무척이나 감미로운 유혹이었다.
헤어진다는 생각은 하고 싶지도 않았다.
사라진다는 생각은 하고 싶지도 않았다.
자신을 만져주길 원했다.
사랑해주길 원했다.

─ 설령 그것이 말 못하는 시체라 해도.

누군가의 말은 이미 슈니의 귀에 닿지 못했다.
슈니의 마음속은 본인조차 구분할 수 없을 만큼 혼돈에 휩싸여 있었다.
그런 가운데서도 다리는 다른 생명체처럼 계속 움직였다.
요염한 잠옷을 입은 슈니의 모습은 그렇게 요정향에서 사라졌다.

✝

슈니가 사라졌다. 그 사실을 맨 처음 알아차린 것은 얄궂게도 어젯밤 하지 못한 대답을 전해주러 갔던 신이었다.

"슈니가 사라졌다는 게 정말이야?!"

"진정하시오, 필마. 이미 듣지 않았소이까."

신은 슈니가 사라졌다고 확신하자마자 모두에게 심화를 보냈다.

슈바이드의 말처럼 필마도 이미 연락은 받았지만 묻지 않을 수는 없었던 것이리라.

필마에게 슈니는 여러모로 특별한 존재였다.

"요정향 안에도 반응이 없어. 밖으로 나간…… 것 같아."

"어떻게 된 거야? 어제는 그런 낌새가 없었는데……."

필마는 그렇게 말하면서도 신에게서 시선을 떼지 않았다. 슈니가 이상한 행동을 한다면 틀림없이 신과 관련되었을 거라 확신한 것이다.

"신. 어제 저녁 식사 후에 슈니와 무슨 일이라도 있었소?"

슈바이드는 그 자리에 있던 모두가 궁금해하는 것을 물었다.

어제 처음 만난 차오바트조차 신과 슈니가 특별한 사이라는 것을 짐작하고 있을 정도였다.

"저기, 신. 혹시 그 후로 무슨 일 있었어?"

"……그래, 맞아. 바로 움직여야 하니까 짧게 말할게."

신은 티에라에게 마리노가 깃들었다는 사실과 그 뒤에 슈니와 있었던 일을 설명했다.

"왜……."

이야기가 끝나자 필마가 몸을 떨며 중얼거렸다. 그리고 다음 순간 신을 세차게 몰아세웠다.

"왜 그 자리에서 남겠다고 말해주지 않은 거야?!"

"필마!"

신의 멱살을 잡고 들어 올리려는 필마를 슈바이드가 말렸다.

완력은 슈바이드가 위였지만 필마는 멱살을 놓으려 하지 않았다. 삐걱거리는 소리가 들릴 만큼 두 사람 모두 온 힘을 다하고 있었다.

"슈바이드! 왜 말리는 거야?!"

"이곳에 남겠다는 건 고향에 남기고 온 모든 것을 버린다는 의미요. 그것을 어찌 쉽게 결정할 수 있겠소이까!"

신에 대한 충의를 지키기 위해 고국을 떠난 슈바이드였다.

다신 돌아가지 못하는 것은 아니지만 조국과 신을 저울질한 끝에 신을 선택했고, 소중한 사람들에게 적이 될 수도 있다는 말까지 해야만 했다.

그랬기에 신의 고민과 갈등을 적지 않게 이해했던 것이다.

필마는 슈바이드의 말을 듣고서야 팔에서 힘을 풀었다.

"그야…… 그렇지만."

"그대들, 지금은 싸우는 대신 해야 할 일이 있지 않느냐?"

그때 차오바트가 말했다. 신 일행은 지금 로그하우스의 테라스에 나와 있었기에 차오바트도 대화에 끼어들 수 있었다.

말다툼할 시간이 있으면 슈니를 찾으러 가야 한다는 것 정도는 그들도 알고 있다. 알면서도 필마는 분을 견딜 수 없었던 것이리라.

"이 이야기는 돌아와서 마저 해."

필마는 마음을 진정시키기 위해 크게 숨을 내뱉으며 자신의 뺨을 때렸다.

"그러면 빨리 슈 언니를 찾으러 가자. 이동 수단이 필요한데, 차오바트, 부탁해도 될까?"

세티는 마치 심부름이라도 부탁하듯이 가볍게 말했다. 요정향에 처음 왔을 때부터 그랬지만 그 정도 무례는 허용되는 사이인 듯했다.

"그래, 사신과 관련된 일이라면 가만히 있을 수 없겠지. 좋다."

"이동 수단이 필요하다니, 슈니가 어디로 갔는지 아는 거야?"

신이 기억하기로 세티는 【트레이싱(추적)】을 비롯한 첩보 계열 스킬을 갖고 있지 않았다.

실제로 활용할 수 있는 레벨까지 익히려면 상당한 노력이 필요했을 테지만, 신이 떠나 있던 세월을 생각하면 충분히 가능한 일이긴 했다.

"물론이야. 츠무긴들에게 물어보니까 사부의 기척이 밖으로 이어져 있다나 봐. 길 안내도 해주겠대."

"그랬구나. 그러면 나도 스킬로 슈니를 쫓을게. 양쪽이 모두 같은 방향을 가리키면 확실하겠지."

슈니는 신의 서포트 캐릭터였기에 미니맵 범위 내라면 정확한 위치를 알 수 있고, 범위를 벗어나더라도 대략적인 방향을 알아낼 수 있었다.

다만 메시지 기능과 마찬가지로 본인과 직접 만나기 전에는 발동되지 않았다. 물론 지금이라면 문제없이 슈니를 뒤쫓을 수 있을 것이다.

"바로 갈 수 있겠습니까?"

신이 확인하자 차오바트는 고개를 크게 끄덕이며 대답했다.

"난 언제든 갈 수 있도다. 그리고 그렇게 딱딱하게 말할 필요는 없느니라. 앞으로 우리는 전우가 될 것이다. 등 뒤를 맡기는 사이에 예의를 차리면 너무 불편하지 않겠느냐."

"알겠습…… 아니, 알았어. 그렇게 할게. 세티는 어때?"

신은 차오바트의 제안에 동의하며 세티의 상태를 확인했다.

"나도 언제든 오케이야. 슈 언니의 기억을 되찾기 위해서라면 웬만한 역경은 전부 이겨내겠어!"

세티는 그렇게 말하며 자신의 가슴을 두드렸다.

굳이 말을 꺼내지 않아도 다른 동료들의 마음 역시 마찬가지인 것 같았다. 특히 필마는 사신에 대한 살기를 잔뜩 내뿜고 있었다.

"하이 엘프 처자의 정신에 간섭하려면 아마 사신의 본체 정도는 되어야 할 터인데. 대책은 세워두었느냐?"

"잠시만요. 혹시 모르니까 제가 기억하는 범위 내에서 지금 확인하겠습니다."

차오바트의 충고에 신은 사신 아듀트로포스의 능력을 기억에서 끄집어냈다.

제일 먼저 떠오른 것은 정신 계열의 상태 이상을 난사한다는 점이었다.

【콘퓨(혼란)】, 【하이 콘퓨(착란)】를 비롯해 【참(매료)】, 【브레인 워시(세뇌)】 같은 성가신 상태 이상을 연속으로 유발하는 것이다.

게다가 상태 이상을 방어하는 장비나 아이템의 효과를 한 단계 낮추는 능력까지 사용했다.

게임 이벤트 때는 아듀트로포스보다 아군에게 당한 플레이어가 훨씬 많을 거라는 불만이 속출했을 정도다.

"다들 액세서리를 내게 맡겨줘. 강화해줄게."

신은 아듀트로포스의 전법을 설명하며 그렇게 덧붙였다.

필마와 슈바이드가 장비한 『신화의 귀걸이』가 가진 상태 이상 무효 효과도 아듀트로포스 앞에서는 저항력 상승에 그치고 만다. 『신화의 귀걸이』만으로는 완전히 막아내지 못하는 셈이다.

게임 시절에는 장비 가능한 액세서리 개수에 제한이 있었기에 파티 멤버 중 한두 명만 상태 이상 방어에 집중하곤 했다.

그런 방법으로 전원이 상태 이상에 빠지는 상황을 방지하며 싸우는 것이다.

하지만 지금은 게임 때보다 아이템을 쉽게 강화할 수 있고 액세서리 장비도 제한이 없었다.

따라서 상태 이상에 대한 철저한 대비가 가능했다.

"필마와 슈바이드, 세티는 강화한 『신화의 귀걸이』를 다중 착용해. 이 정도면 어지간해선 상태 이상에 걸리지 않을 거야. 티에라는 능력치가 부족해서 『신화의 귀걸이』를 장비할 수 없으니까 숫자로 메우자."

신은 받아 든 『신화의 귀걸이』를 강화하며 티에라를 위한 대책도 고민했다.

질이 부족하다면 양으로 승부해야 한다.

귀걸이, 목걸이, 반지, 팔찌, 머리 장식 등등…… 전투에 방해가 되지 않는 선에서 최대한의 장비를 착용하기로 했다.

갑자기 떠오른 아이디어로 반지 여러 개를 가느다란 사슬로 꿰어 목걸이처럼 착용해보자 효과가 그대로 적용되었다.

하는 김에 티에라가 평소 목에 걸고 다니는 제일 금화도 보험 삼아 세공해두었다.

"티에라도 이걸로 됐어. 남은 건 유즈하와 카게로우인데.

얘네들은 귀걸이를 할 수도 없고…….”

“쿠우, 할 수 있어. 귀에 맞는 거 갖고 싶어.”

“할 수 있다고?”

어깨에 앉아 있던 유즈하가 필마의 귀를 앞발로 가리키며 말했다.

유즈하는 전에 해미를 구하러 동굴에 침입했을 때도 잠수 능력을 부여해주는 아이템을 장비했지만, 그것은 어디까지나 파트너 몬스터용 장비에 불과했다.

『신화의 귀걸이』는 주로 플레이어와 서포트 캐릭터가 사용하는 장비였기에 신은 유즈하의 장비 목록에 포함하지 않았던 것이다.

게다가 신이 알기로 신수로 불리는 몬스터들에게는 정신 계열 스킬이 효과가 없었다. 어떻게 보면 사신의 천적이라 말할 수도 있었다.

하지만 지금의 유즈하는 최종 형태가 아니었기에 만약의 사태에 대비해서 아이템을 건네주기로 했다.

신이 강화한 『신화의 귀걸이』와 상태 이상 저항력을 강화하는 다른 아이템들이었다. 유즈하는 일단 사람 모습으로 변신해서 그것들을 장비했다.

“아, 그런 방법이 있었구나.”

“쿠우, 완벽해.”

유즈하는 자신만만하게 말하며 새끼 여우의 모습으로 돌아갔다.

귀걸이는 여우 귀의 일부를 덮는 장신구로 변했고 다른 장비들도 움직임을 방해하지 않는 형태로 바뀌어 있었다.

대부분은 유즈하의 털에 파묻혀서 보이지 않았지만 신은 장비가 벗겨지지 않았음을 느낄 수 있었다.

"이제 카게로우만 남았네. 유즈하처럼 착용하진 못할 테니까 무난하게 목걸이를 채워야겠어."

사족 보행 몬스터들에게서 흔히 볼 수 있는 형태였다. 그 외에 다리나 꼬리에 장착하는 아이템도 있었다.

신이 채워주기 때문인지 카게로우는 특별히 저항하지 않고 얌전히 있었다.

장비가 끝나자 착용감을 확인하려는 듯이 가볍게 뛰어오르거나 달려보기도 했다.

"혹시나 해서 물어보는 건데 차오바트는 뭐 필요한 거 없어? 장비가 가능한지는 모르겠지만."

"사람이 만든 물건이 나에게도 효과가 있는 것인가?"

"글쎄. 하지만 일단 유즈하와 카게로우에게도 효과가 있으니까 없는 것보단 나을 거야."

"흐음. 그렇다면 엘레멘트 테일과 똑같은 정신 방어 아이템을 부탁하노라. 그것에 마음을 조종당한다면 패배하는 것 이상의 굴욕이도다."

차오바트는 호기롭게 말했다. 평소에는 위엄 넘치고 차분한 분위기지만 사신과 관련된 일이라면 금방 흥분하는 모양이다.

"귀걸이……는 무리겠지. 팔찌하고 반지를 시험해보겠어?"

역시 목걸이를 채우는 건 받아들이지 않을 것 같았기에 목록에서 제외해두었다.

장비 아이템에는 사이즈 조절 기능이 부여되어 있기에 크기가 자동으로 맞춰져야 하지만, 신이 차오바트에게 장비를 건네도 아무 변화가 없었다.

"반응하지 않는군."

"차오바트만큼 커다란 파트너 몬스터는 없으니까 말이지. 사이즈 조절에도 한계가 있는 건지 몰라. 그렇다면 착용할 만한 게 거의…… 아!"

신은 차오바트에게서 장비를 돌려받은 뒤에 대신할 만한 다른 아이템 카드를 꺼냈다.

"그것이 무엇이냐?"

"페인트 타입의 액세서리야. 몸에 문양을 그려서 마법 효과를 내는 거지."

게임 시절에는 패션 아이템으로 취급되었던 물건이다. 몸의 어디든 붙일 수 있었고 다른 장비와 서로 간섭하지 않는 장점도 있었다.

다만 게임에서는 페인트 타입도 액세서리 칸을 차지했기에 플레이어 대부분은 보다 효율적인 귀걸이나 팔찌, 머리 장식

같은 장비를 선호했다.

"그렇군. 몸 위에 칠하는 것뿐이라면 몸의 크기 따윈 상관없을 테니. 흐음, 시험해보지."

차오바트는 발톱으로 용케 아이템 카드를 받아 들고 실체화했다. 공중에 떠오른 문양을 원하는 부위에 갖다 붙이면 장비 완료였다.

"이거라면 문제없는 것 같군. 무언가가 몸을 덮고 있는 느낌이 든다. 느껴지느냐?"

"그래, 알 수 있어. 덩치가 큰 녀석들에겐 페인트 타입을 사용해야 하는구나. 기억해둬야겠어."

페인트 타입은 일반 장비보다 효과가 낮은 대신 파괴될 가능성이 거의 없었다.

가슴에 붙인 상태에서 공격을 받아 떨어져나가더라도 아이템이나 신성 마법으로 피해를 복구하면 페인트도 부활하게 된다.

반지와 팔찌 같은 장비는 그렇게 될 수 없었다. 한번 파괴되면 강한 자기 수복 능력이 없는 이상 전투 중에는 회복되지 않았다.

신은 만전을 기하기 위해 다른 멤버들에게도 페인트 타입의 장비를 추가했다.

"페인트는 각자 원하는 부위에 붙이면 돼. 효과는 바로 나타날 거야."

신은 그렇게 말하며 왼쪽 가슴 위에 페인트를 갖다 댔다.

그러자 옷을 통과해서 몸에 페인트가 장착되었다. 가슴을 고른 것은 팔이나 다리와 달리 전투 중에 피해를 입을 일이 적기 때문이었다.

다른 일행들도 신처럼 가슴 위로 페인트를 장착했다.

신과 슈바이드, 세티는 노출이 적었기에 겉으로 보이지 않았지만 필마와 티에라는 장비의 가슴 부분이 파여 있기 때문에 꽃문양의 페인트가 슬쩍 엿보였다.

유즈하는 일단 사람으로 변신해서 페인트를 장착한 뒤 여우 상태로 돌아갔다. 그게 더 편하다고 한다.

카게로우는 엎드린 상태에서 티에라가 직접 페인트를 장착해주었다.

"좋아, 이제 준비는 끝났어. 바로 출발하자."

아침 식사는 신의 아이템 박스에 든 음식으로 때우고 다 함께 차오바트의 등에 올라탔다.

요정향은 그것을 유지하던 세티가 사라지면 얼마 뒤 소멸하게 될지도 몰랐다.

다만 그곳은 신의 개인 공간이기도 했기에 다행히 카드화해서 갖고 다닐 수 있었다.

그리고 그 과정에서 공간 유지에 필요한 힘도 신이 맡는 것으로 변경되었다.

"방향을 가르쳐다오."

"저쪽이야. 북북서로 직진해."

츠무긴들의 말을 들은 세티가 하늘 한쪽을 가리켰다. 신의 【트레이싱】도 같은 방향을 가리키고 있었다.

"기다려, 슈니. 지금 갈게."

신은 사신이 있을 방향을 노려보며 작게 중얼거렸다.

타락한 신 │ Chapter 4

THE NEW GATE

구름을 흩트리며 단숨에 고도를 높이고 다른 비행 몬스터
가 거의 없는 고고도까지 이동했다.

　차오바트에 올라탄 순서는 길 안내를 맡은 세티를 선두로
하고, 똑같이 방향을 감지하는 신이 두 번째였다. 그 뒤에 티
에라, 필마가 있었고 맨 끝에는 슈바이드가 있었다.

　"떨어진 녀석은…… 없군."

　신은 미니맵으로 계속 감시하고 있었지만 만약을 위해 뒤
를 돌아보며 모두 무사하다는 것을 확인했다.

　아무 보호 장비 없이 차오바트 등 위에 올라탄 것은 명백히
위험한 행위였기에 방풍 효과와 충돌 방지를 위해 마법 장벽
을 쳐둔 상태였다.

　하지만 워낙 엄청난 속도였다.

　차오바트가 너무 빠른 탓에 고도를 높일 때마다 새나 곤충
몬스터가 장벽에 부딪쳐 튕겨나갔다.

　아무 방어 대책이 없었다면 STR이 떨어지는 티에라는 바람
에 날아가 버렸을지도 모른다.

　STR만 보면 마법사인 세티도 안전하다고 할 수 없었다.

　"……다른 세상에 온 것 같아."

조심스레 아래의 광경을 내려다본 티에라가 놀라움과 흥분, 그리고 약간의 경외심을 담아 중얼거렸다.

평소에 보던 풍경과 너무나도 다르기 때문일 것이다.

대지라는 확실한 발판도 없고 시야 대부분이 푸른색으로 물들어 있었다. 눈 아래의 대지는 너무나 멀리 떨어져 있어서 방금 전까지 자신이 그곳에 서 있었다는 사실조차 실감하기 어려웠다.

티에라도 엘더 드래곤에 타본 적이 있었지만 차오바트는 속도와 고도에 있어 차원이 달랐다.

날개를 가진 자들 중에서도 일부만이 올라올 수 있는 이곳은 티에라의 말처럼 이세계(異世界) 내에서도 더욱 이질적인 장소였다.

"평소엔 이 정도 높이에서 대륙을 내려다볼 기회가 없으니까 말이지. 사람이 탈 수 있는 몬스터들은 여기까지 절대 못 올라와."

신은 눈을 가늘게 떴다.

이벤트에서 여러 번 탑승해본 저공비행 몬스터와는 비교도 되지 않는 고도와 속도였다. 이 정도면 시간을 상당히 단축할 수 있을 것이다.

"감이 잘 안 와. 현실감이 너무 떨어져서, 여기서 추락하면 어떻게 될지 상상이 안 돼."

티에라에게는 상상의 범주를 이미 넘어선 모양이었다.

비행 몬스터에 처음 타보는 사람의 반응은 다들 이럴 것이다. 자신의 상식을 벗어나는 사태와 직면할 경우, 제대로 된 사고가 불가능해지기도 한다.

"어지럽거나 토할 것 같으면 말해."

티에라보다는 낫지만 필마와 슈바이드도 조금 긴장한 눈치였다.

현실 세계에서 비행기를 타본 신은 괜찮았지만 이 세계에서만 살아온 그들은 스트레스를 피할 수 없는 상태였다.

이 정도 높이에서 떨어진다면 제아무리 서포트 캐릭터라도 무사하진 못할 것이다.

고소공포증이 없더라도 비행기에 타면 멀미를 느끼는 사람이 있기 때문에 신은 참지 말고 이야기하라고 말해두었다.

"역시 빠르네. 이 정도면 금방 도착하겠어."

츠무긴과 찰싹 달라붙은 세티가 앞을 바라보며 중얼거렸다.

"거리를 알 수 있어?"

"츠무긴들의 이야기를 들어보면 그런 것 같아. 게다가 이렇게나 빠르면 하루 만에 대륙을 횡단할 수도 있을 거야."

차오바트의 비행은 날개의 힘뿐만 아니라 판타지 세계 특유의 마력과 스킬의 도움을 받고 있었다.

다만 신은 차오바트가 무슨 특수 능력을 가졌든 아무 관심도 없었다.

슈니가 있는 곳에 조금이라도 빨리 도착할 수만 있다면 타고 있는 것이 몬스터든 제트기든 상관없는 것이다.

"방향은 이대로. 으음…… 이제 20분 정도 남은 것 같아."

세티가 츠무긴에게 확인하며 말했다. 거리는 상당히 애매한 것 같았다.

하지만 세티가 말한 대로 20분 정도가 지났을 때 신의 감지 범위 내에서 슈니의 반응이 나타났다.

"이 앞이야. 저 산에 둘러싸인 곳의 중심에 있어!"

신이 가리킨 곳은 엘트니아 대륙 중심부에서 북쪽으로 나아간 장소였다.

산맥이라 부를 정도는 아니지만 충분히 높은 산들에 둘러싸인 분지였다. 울창하게 자라난 나무들 일부가 마치 도려낸 것처럼 움푹 패어 있었다.

식물 구성도 다른 것을 보면 차오바트가 직접 날려버렸다는 장소 같았다.

사신이 있기 때문인지 산들에는 짙은 구름이 껴 있고 주위와 비교해도 상당히 어두웠다.

"여기인가."

"기억나는 곳이야?"

"그래, 내가 멸망시킨 장소들 가운데서도 키시미 일족이 가장 많았던 곳이다. 설마 여기에 원흉이 숨어 있었을 줄이야. 모두 내가 안일했던 탓이로다."

차오바트의 말에는 분노가 서려 있었다. 그의 몸을 뒤덮은 비늘이 감정에 호응하듯 공격적으로 빛났다.

"심정은 이해하지만 슈니를 구할 때까지는 기다려줘. 그 뒤에는 어떻게 하든 상관 안 할게."

"이런, 감정을 너무 드러냈나 보군. 이대로 내려갈 예정이지만 아래에 뭐가 기다리고 있을지 모른다. 경계를 철저히 하거라."

차오바트가 목적지를 노려보며 주의를 주었다.

여기까지 한 시간도 걸리지 않아 도착한 것은 오로지 차오바트 덕분이었다.

슈니의 능력치가 아무리 높다 해도 그녀 혼자서는 하룻밤 사이에 도저히 이동할 수 없는 거리였다.

비행 몬스터를 길들였거나 전송 마법을 사용했는지도 모르지만 이곳에서 무언가— 아마도 사신이 그들을 기다리고 있을 확률이 높았다.

"그건 그렇고, 완벽하게 아무것도 안 보이는데."

작은 초목이 우거져 있었지만 그것 외에는 말 그대로 아무것도 없었다. 건물 같은 것은 전부 차오바트에 의해 사라진 것이리라. 심지어 잔해조차 보이지 않았다.

"슈니의 반응은…… 저쪽이군."

"츠무긴들도 같은 의견이야."

신과 츠무긴이 가리킨 것은 분화구 모양으로 움푹 파인 대지의 중심부였다.

신은 만약의 사태에 대비해서 직접 그곳으로 향하는 대신 조금 떨어진 곳에 내려달라고 요청했다.

"여기서 보기엔 특별한 게 없는 것 같은데."

"안 보이게 숨겨놨거나 지하에 있지 않을까."

필마와 슈바이드가 분화구를 보며 말했다.

신도 그쪽으로 시선을 돌렸다.

은폐나 위장을 간파하는 스킬 【시스루(간파)】를 발동했지만 눈에 보이는 풍경은 바뀌지 않았다. 아무래도 모습을 감춘 것은 아닌 모양이었다.

그러자 신은 감지 영역을 좁혀서 정확도를 높였다.

"역시 지하로군. 넓이는 알 수 없지만 깊이는 제법 돼."

슈니의 반응은 상당히 깊이 내려간 지하에서 느껴졌다. 이동하는 낌새는 없었다. 움직이지 않는 것인지, 아니면 움직이지 못하는 것인지는 알 수 없지만 그곳에 있는 것만은 틀림없었다.

"윗부분이 파괴되었어도 지하는 무사했던 건가. 이렇게 되면 차오바트는 여기서 기다릴 수밖에 없겠는데."

"으음…… 내 몸을 줄일 수 없다는 게 아쉽군. 어쩔 수 없지. 주변을 경계하며 기다리겠노라. 무슨 일이 생기면 바로 알리거라."

몸 크기를 바꿀 수 없는 차오바트는 지하 탐색이 불가능했

다. 넓은 보스 공간이라면 몰라도 통로를 지나갈 수가 없지
않은가.

신 일행은 사신에 대한 분노를 쏟아내는 차오바트를 진정
시킨 뒤, 분화구의 중심 부분을 조사하기 시작했다.

"여기야. 흙에 파묻혔지만 【매직 소나(마력파 탐지)】의 반응
이 달라."

눈을 감은 채로 지면에 손을 대고 있던 세티가 자신 있게
말했다.

신도 세티가 있던 장소를 조사해보자 확실히 다른 곳과 다
른 반응이 느껴졌다.

"구멍을 파고 있을 시간은 없어. 그냥 날려버리자."

"잠깐! 너무 위험한 사고방식 아냐?! 이 정도 흙은 금방 치
울 수 있으니까 잠깐만 물러나 있어."

귀찮다며 마법을 사용하려던 신을 세티가 말렸다. 슈니가
사라진 뒤로 신도 조금 이상해진 듯했다.

"그러면 입구를 만들게."

세티가 그렇게 말하며 지면에 손을 대자 입구를 덮고 있던
흙이 저절로 움직이기 시작했다.

눈에 보이지 않는 거대한 손이 땅을 파낸 것처럼 흙이 순식
간에 갈라지며 입구 옆에 쌓였다.

"마법이야?"

"【어스 월】을 응용한 거야. 『영광의 낙일』 이후부터 이런 식

으로 원래 용도와 다르게 활용할 수 있게 됐거든."

세티의 말에 따르면 마법뿐만 아니라 무예 스킬 중에도 사용자에게 주는 부담이 사라지거나 효과가 조금 달라진 경우가 있다.

"간다."

입을 쩍 벌린 지하 입구는 대략 세로 3메르, 가로 2메르 크기였다.

결코 넓다고 할 수 없는 입구를 향해 신은 주저 없이 들어갔다.

빛이 들어오는 건 입구 근처뿐이었다. 하지만 【암시】 스킬을 가진 신은 어렵지 않게 아래로 내려갈 수 있었다.

"그래. 여긴 숨은 던전이군."

신은 미니맵에 출현한 적성 반응을 보며 이런 경우도 있었다는 사실을 떠올렸다.

게임 시절에 게시판에서 공유되던 정보였는데, 특정한 출현 조건이 있었기에 신도 직접 들어와 보는 것은 처음이었다.

"뭐, 그런 건 아무래도 상관없겠지. 내가 선두에 설게. 필마, 티에라, 세티, 슈바이드 순서로 따라와."

원거리 담당을 중심에 배치하고 후방을 슈바이드에게 맡겼다. 아무 방해 없이 순조롭게 갈 수 있다는 생각은 처음부터 하지 않았기에 다들 침착하게 행동했다.

마리노의 능력을 이어받은 덕분에 티에라도 이제 【암시】 스킬을 사용할 수 있었다. 그래서 어둠 때문에 시야가 제한되는 멤버는 없었다.

"나 때는 이런 장소가 없었는데."

"그래. 필마 때는 {몬스터가 된} 키시미 일족을 쓰러뜨리면 끝이었으니까 말이지."

예전에 이벤트에서 공략했던 기억을 떠올리며 신의 눈빛이 날카로워졌다.

"……저기, 신. 여기에 도착한 뒤로 조금 이상해진 것 같아."

"나도 일단 자각은 하고 있어."

필마가 솔직하게 지적하자 신은 천천히 한숨을 쉬며 대답했다.

말과 행동이 거칠게 변했다. 분위기도 마찬가지였다.

요정향에서 나온 시점까지는 이 정도가 아니었지만 슈니를 선명히 감지한 뒤로 마음이 다급해지는 것을 스스로도 느끼고 있었다. 그런 마음이 겉으로도 드러났던 것이다.

파티를 맺은 상태로 미니맵에 이름이 표시된 것을 보면 슈니가 죽지 않은 것은 확실했다.

하지만 빨리 그녀에게 가야 한다는 생각에 자꾸만 마음이 급해졌다.

몸이 무사하다 해도 정신이 어떻게 될지는 모르기 때문이다.

특히 지금의 슈니는 정신적으로 불안정했다. 그러다 보니 신에게 여유가 없는 것도 당연했다.

지금도 주변을 경계하며 걸어가고 있었지만, 만약 혼자였다면 능력치를 믿고 전력으로 질주했을 것이다.

어젯밤 슈니와 이야기한 뒤로 자신의 감정을 파악한 지금, 신은 슈니를 잃는 것을 얼마나 두려워하는지 깨달았다.

"전에 싸워본 녀석이라면 괜찮을 테지만, 신에게 무슨 일이라도 생기면 슈 언니가 슬퍼하는 거 알지?"

"잘 알아. 최대한 경계하고 있다고."

필마를 따라 세티도 한마디 거들자 신도 조금은 냉정함을 되찾았다.

게다가 직접 말을 꺼내진 않아도 티에라와 유즈하, 슈바이드가 보내는 시선이 느껴졌다. 그들의 표정을 보지 않더라도 자신을 얼마나 걱정하는지 알 수 있었다.

"후읍!"

신은 한 번 크게 심호흡을 하며 자신의 양쪽 뺨을 강하게 때렸다.

급할수록 돌아가라. 신은 서두르지 말라고 스스로를 타일렀다.

"저기, 신. 신은 이 던전에 대해 뭐 아는 거 있어?"

"조금은 들어봤어. 길도【매직 소나】로 알 수 있고. 문제는 함정이야."

보스가 정신 계열 스킬을 난사하는 데다, 던전 자체에 다수의 전체 공격 마법이 함정으로 깔렸다는 말을 들은 적이 있었다.

게시판에서 플레이어들이 투덜거리는 내용을 본 것뿐이지만 그것이 사실이라면 꽤 귀찮아진다.

왜냐하면 전체 공격 함정은 방어하기가 어렵기 때문이다.

파티가 방의 중심에 도달한 순간 화염 마법으로 폭발이 일어나는 함정도 존재했다. 게임 시절이라면 모를까, 현실이 된 지금은 위험하기 그지없는 함정이 너무 많았다.

"뭐야, 그게……."

"상위 파티가 전멸할 수도 있는 함정이야. 나도 본 적이 있어. 정말 무섭다고."

신의 설명을 듣고 경악하는 티에라 옆에서 슈바이드가 공감하듯 고개를 끄덕거렸다. 함정을 감지하지 못하고 속수무책으로 당한 파티를 본 적이 있다고 한다.

"뭐, 그건 내게 맡겨. 난 던전에 혼자 들어온 적이 많거든. 함정을 감지하는 스킬과 능력은 특별히 공을 들여서 익혀놨어."

게임에서는 웬만한 상태 이상 내성을 가볍게 뚫어내는 함정도 있었다.

그런 함정은 직접적으로 플레이어를 죽이지 못했고 단순히 발을 묶어두는 정도에 불과했다.

그러나 사악한 운영진은 그런 함정 근처에 반드시 몬스터를 배치해두었다.

【마비】와【석화】로 움직이지 못하는 상황에서 속수무책으로 공격당하거나【콘퓨】와【하이 콘퓨】로 자기들끼리 싸우다가 일망타진당하는 식으로 전멸의 원인이 되는 경우가 적지 않았다.

장소를 불문하고 던전에 배치된 모든 함정은 악질적이라는 것이 플레이어들의 공통된 인식이었다.

"다들 멈춰. 방금 이야기한 함정이 있어."

신은 동료들에게 멈추라고 손짓하고 통로에 있는 돌멩이를 주웠다. 그리고 그것을 던지는 동시에 신성 마법 스킬【이지(二枝)의 불제(祓除)】를 발동했다.

신의 눈앞에서 반투명한 유리 같은 방어 장벽이 출현했다. 그리고 잠시 뒤에 투척한 돌멩이가 바닥에 떨어졌다.

그 순간 돌과 부딪친 곳에서 주황색 빛이 반짝이더니 순식간에 엄청난 화염이 타올랐다.

일렬로 걸어오던 신 일행을 전부 집어삼킬 정도의 범위였다.

방금 신이 말했던, 파티의 중심에서 작렬하는 함정이었다.

그런 흉악한 함정도 지금은 통로를 가로막는 형태로 전개된【이지의 불제】에 완전히 차단되고 있었다.

예전에 망령평원에서 신이 사용한【일엽지계(一葉之禊)】보다도 물리력과 마법에 대한 방어력, 장벽의 내구도가 강화되어 폭발은 물론이고 열풍까지 막아낼 수 있었다.

티에라는 미리 알려주었음에도 놀라서 비명을 질렀다.

"직접 보니까 얼마나 무서운지 알겠어……. 아무도 모르는 상태에서 저런 게 발동된다고 생각하면 소름이 끼쳐."

"탐지 계열 스킬 중에 최소 두 종류를 최대 레벨까지 올리지 않으면 감지할 수 없거든. 최대 스킬 레벨이 필수라니, 아무도 상상하지 못한 고약한 함정이야. 그런데도 일반 던전에서 가끔씩 볼 수 있어."

"그럼 어떻게 피해……."

"그래서 던전의 함정이 악질적이라는 말이 나오는 거야. 그런데 여기는 이상하게 조용하네."

신은 주변을 경계하며 티에라와 대화를 나누었다.

이제 던전에 들어온 지 10분이었다. 아직 하나의 함정밖에 발견하지 못했다는 사실에 위화감이 증폭되고 있었다.

신 일행은 【매직 소나】와 미니맵을 활용해서 슈니가 있을 최하층을 향해 최단 경로로 이동하는 중이었다.

몬스터와의 전투가 없었고 함정도 없었기에 일반적인 던전 탐색보다는 속도가 훨씬 빨랐다.

단숨에 내려가지 못하는 것치고는 이미 전체의 5분의 1을 지나온 상태였다.

숨은 던전에 관한 지식이 많지 않았지만 미니맵과 감지 스킬에 몬스터의 반응이 전혀 없다는 점이 아무래도 수상했다.

몬스터가 거의 없는 함정형 던전도 존재했지만 그런 것치고는 함정 반응이 너무 적었다.

게다가 던전에 들어오기 전에 【매직 소나】로 살폈을 때는 몬스터로 보이는 반응이 분명히 존재했다.

"유인당하고 있는 걸까? 일정 거리까지 접근하면 순식간에 몬스터들이 쏟아져 나오는 던전도 있었지?"

필마가 이야기한 것은 엄청난 숫자의 몬스터에게 집어 삼켜지기 전에 보스를 쓰러뜨리고 탈출해야 하는 타임 어택형 던전이었다.

"확실히 있긴 하지. 하지만 그런 던전이라는 걸 들키지 않으려고 몬스터를 몇 마리 정도는 풀어놓는다고."

몬스터 하나 없는 텅 빈 던전은 뭔가 숨겨진 장치가 있다고 공언하는 셈이다.

게임에서도 위장용으로 소수의 몬스터가 돌아다녔지만, 지금 신의 감지 범위 안에는 단 한 마리의 몬스터도 보이지 않았다.

후방을 맡은 슈바이드에게도 물어보았지만 무언가가 추적해오는 낌새는 없다고 한다.

"이 정도로 아무것도 없으니까 오히려 슈 언니가 걱정이야. 괜찮을까?"

"……."

세티가 중얼거리는 말에 아무도 대답하지 않았다. 신을 비롯한 모두가 똑같이 걱정하고 있었기 때문이다."

"저기, 신은 — ."

"잠깐."

아무도 대답해주지 않아서 세티가 다시 말을 꺼내려는 것을 신이 제지했다.

미니맵에 비친 붉은 마크. 다름 아닌 몬스터의 반응이었다.

"척후병인가? 숫자는 다섯. 정면에서 오고 있어."

신의 말에 필마가 『홍월』을 앞으로 겨냥했고 티에라도 활에 화살을 걸었다.

지금 신 일행이 걸어가는 통로의 폭은 4메르 정도였다. 여기서 20메르 지점까지는 분기점이 없는 일직선 길이었다.

미니맵상에서 마크가 움직이는 것을 보면 벽을 통과하는 고스트나 엘레멘탈 종류는 아니라는 것을 알 수 있었다.

차폐물도 거의 없었다. 몬스터의 정체를 재빨리 확인하고 싶었던 신은 【원시(遠視)】 스킬을 발동했다.

그리고 그제야 위화감을 알아챘다.

"【암시】를 사용했는데도 통로 안쪽이 어두워……. 다크 서머너가 있군. 세티!"

"맡겨둬!"

신의 부름에 세티가 마법으로 응답했다.

그녀의 키만 한 지팡이, 즉 8면체 크리스털이 장식에 감싸인 형태의 세티 전용 무기 『소월(宵月)』이 주인의 의사에 따라 밝게 빛났다.

지팡이 끝의 붉은 크리스털에서 눈부신 광구(光球)가 하나둘씩 발사되었다.

잠시 뒤에는 총 서른 개의 광구가 신 일행의 앞뒤를 밝게 비추어주었다.

"저기 있군."

신이 바라본 곳에는 넝마를 머리까지 뒤집어쓴 사람 형태의 몬스터가 눈부신 빛을 받으며 겁먹은 듯이 뒷걸음치고 있었다.

【암시】와 【원시】 같은 스킬까지 방해하는, 어둠을 조종하는 다크 서머너였다.

인간형 몬스터처럼 보이지만 넝마 안에는 어둠밖에 없었고 그것을 공격해도 대미지는 입지 않았다.

본체는 손에 들고 있는 어둠의 등불이었다.

"티에라는 저 몬스터가 든 등불을 저격해줘! 그쪽이 본체야. 필마는 뒤쪽에서 다가오는 섀도우 스토커를 해치워줘. 슈바이드는 그대로 후방을 경계해. 세티는 전체 상황을 지켜보면서 상황에 따라 엄호해줘. 유즈하와 카게로우는 세티와 티에라를 지켜."

신은 파티 멤버들에게 지시를 내린 뒤 필마와 함께 통로를 가로질렀다.

다크 서머너는 반드시 섀도우 스토커라는 몬스터와 같이 등장한다.

어둠 속을 헤엄치는 섀도우 스토커는 다크 서머너가 만들 어내는 어둠 속을 종횡무진 돌아다니며 모든 능력이 강화된 다.

공략 방법을 모르면 아무리 능력치가 강한 사람이라도 쓰 러뜨리는 시간이 오래 걸리는 성가신 조합이었다.

"커다란 녀석도 있군."

날개 없는 새의 몸체에 사마귀 앞발을 융합한 추악한 모습 의 섀도우 스토커를 쓰러뜨린 신은 커다란 물웅덩이 같은 어 둠을 발견하며 말했다.

섀도우 스토커의 본체가 숨은 공간인데 그 크기가 본체의 강력함을 나타내기도 했다.

일반적으로는 직경 60세메르 정도지만 신이 발견한 것은 1 메르가 넘었다.

"다크 스토커인가."

까만 원 안에서 붉은빛이 두 개 빛났다. 피처럼 붉은 다크 스토커의 눈이었다. 신 일행의 눈앞에서 원의 어둠이 부풀어 오르며 형태를 이루기 시작했다.

지면에서 상반신만 튀어나온 다크 스토커의 기본적인 형태 는 섀도우 스토커와 거의 동일했지만, 몸 전체가 금속 같은 외골격에 덮이고 사마귀 앞발도 더욱 날카로우면서 한 쌍이

더 많았다.

다크 서머너의 어둠 없이 움직이지 못하는 섀도우 스토커와 달리 이쪽은 플레이어와 정면으로 싸울 만한 전투력을 갖고 있었다.

─【다크 스토커 레벨 649】

신 일행이 상대하던 다크 서머너와 섀도우 스토커의 레벨이 200 전후였던 것을 고려하면 완전히 격이 다른 상대였다.

다크 스토커는 광구의 빛 아래에서 날카로운 앞발을 번쩍이며 사냥감을 노려보았다. 하지만 그 앞발을 끝내 휘두르지는 못했다.

다크 스토커가 섀도우 스토커보다 훨씬 강하다 해도 신과 필마에게는 거기서 거기였다.

"……방해하지 마."

신의 『무월』이 호를 그리자 그 궤도 위에 있던 다크 스토커는 저항할 틈도 없이 위아래로 분리되었다.

반대쪽으로 휘두른 칼날이 목을 베어내자 다크 스토커의 HP가 0으로 떨어졌다.

"신! 사신 녀석도 이제 본격적으로 공격해오는 것 같소이다!"

"그런 것 같군."

다크 서머너의 등불이 티에라의 화살에 산산조각 나는 것을 지켜보던 신에게 슈바이드가 소리쳤다.

신의 미니맵과 감지 스킬에도 대량의 몬스터 반응이 나타났다.

아무것도 없던 장소에서 차례차례 붉은 마크가 나타났다. 신이 바라본 곳에는 다크 서머너 여러 마리가 있었다.

다크 서머너 주위에 펼쳐진 어둠에서는 다크 스토커와 섀도우 스토커의 붉은 눈이 섬뜩한 빛을 내고 있었다.

"우와…… 저게 뭐야."

티에라도 마법의 빛이 닿지 않는 곳에 자리 잡은 집단을 발견한 것 같았다.

어둠이 바닥, 벽, 천장과 통로 전체를 검게 물들였다. 그곳에 숨은 다크 스토커들도 사방에 자리 잡고 있었다.

"여기는 저 녀석들의 소굴인가 보군."

신은 미니맵을 통해 슈바이드가 버티는 후방에도 비슷한 몬스터들이 나타난 것을 감지해냈다.

사신의 부하인지는 알 수 없지만 신 일행을 노린다는 사실만은 분명해 보였다. 그렇다면 신이 어떻게 대응할지는 뻔했다.

"슈바이드는 뒤쪽 녀석들을 접근시키지 마! 세티는 통로의 광구를 유지하면서 티에라와 함께 전방을 엄호해! 유즈하와 카게로우는 계속해서 세티와 티에라를 지원하면서 호위해줘!"

"어라, 나는?"

"꼭 말을 해야 알겠어?"

모두에게 지시를 내리던 신에게 필마가 장난스럽게 고개를 갸웃거려 보였다.

그것을 본 신은 어처구니없다는 듯이 말하면서도 전방을 주시했다.

"저기로 돌진해서 적을 해치워야지! 따라와!"

"후후, 알았어!"

후방에서 다가오는 다크 서머너, 다크 스토커, 섀도우 스토커 혼성군을 슈바이드가 붙잡아 두는 것을 확인하며 신은 통로 안을 가로질렀다.

세티가 광구를 발사해 다크 서머너의 어둠을 걷어냈고 움찔거리는 적을 신과 필마의 검이 베어냈다.

"홀을 청소해두자. 뒤쪽이 정리되면 따라와!"

빛이 닿는 범위의 깊은 안쪽. 몇 개의 통로가 교차되는 홀 같은 장소에 신과 필마가 뛰어들었다.

"어?! 잠깐, 신!!"

스스로 위험에 뛰어드는 두 사람을 보며 티에라가 다급히 소리쳤다. 하지만 티에라의 말이 끝나기도 전에 신과 필마는 이미 홀까지 도착해 있었다.

"난 오른쪽, 필마는 왼쪽을 맡아."

"오케이!"

아무것도 보이지 않는 암흑 속에서도 두 사람의 말투는 지극히 가벼웠다. 하지만 그들이 펼치는 공격은 격렬하기 이를 데 없었다.

먼저 움직인 것은 신이었다.

무기를 쥐지 않은 왼쪽 팔을 앞으로 내밀며 스킬을 발동한 것이다.

빛 마법 스킬 【선라이트 엠브레이스】였다.

신의 손바닥에서 세티가 만들어낸 것과 다른 분위기를 풍기는 10세메르 정도의 빛의 구슬이 출현했다.

광구는 따뜻하면서도 부드러운 빛을 내뿜었다. 주로 신관이 익히는 스킬로 아군의 LUC를 높이는 효과가 있었다.

공격과는 거리가 먼 그 스킬을 발동한 순간, 신을 둘러싸던 모든 몬스터들이 절규했다.

광구에서 뻗어 나온 빛에 휩싸인 다크 서머너와 섀도우 스토커가 타고 남은 재처럼 흩어지며 소멸했다.

모르는 사람이 보면 충분히 당황할 만한 광경이었다.

어둠 속성에 특화된 몬스터들에게는 광구에서 흘러나오는 빛이 작열하는 업화보다도 치명적이었다.

사용자가 신이었기에 【선라이트 엠브레이스】의 효과와 범위도 상식을 뛰어넘었다.

신은 오른쪽을 맡겠다고 했지만 방금 전 공격으로 홀 왼쪽의 몬스터들도 일부 소멸하고 있었다.

"내가 나설 기회가 없어지겠……는데!"

신이 모든 적을 쓰러뜨리면 체면이 서지 않는다는 듯이 필마도 스킬을 발동했다.

검술/화염 마법 복합 스킬 【작화(灼火)·대염상(大炎上)】이었다.

필마가 들어 올린 『홍월』에서 황금색 화염이 뿜어져 나왔다. 홀의 천장에 닿을 정도의 불꽃은 어둠을 몰아내고 더러움을 태우는 정화의 화염이었다.

화염 마법이면서도 그 속성은 신성 마법 혹은 빛 마법에 가까웠다. 흩어지는 불똥에 닿기만 해도 섀도우 스토커 정도는 순식간에 타올라서 재조차 남지 않는다.

그리고 필마는 거대한 화염검으로 변한 『홍월』로 홀 왼쪽을 쓸어버리듯 휘둘렀다.

화염검에서 뿜어져 나온 금색 불꽃이 바닥과 벽을 타고 번지며 그곳에 있던 다크 서머너와 다크 스토커를 깨끗하게 불태웠다.

언데드이기도 한 해당 몬스터들은 신의 【선라이트 엠브레이스】못지않은 대미지를 입고 있었다.

"뭐, 이 정도면 됐겠지."

"그래도 계속해서 나타나는 것 같아."

홀과 통로 일부에 우글대던 적은 일소되었지만 효과 범위

밖에는 아직도 셀 수 없을 만큼 많은 몬스터들이 남아 있는 것을 두 사람도 감지하고 있었다.

다른 동료들이 남아 있던 통로에서도 슈바이드가 막아내는 후방 쪽으로 빈틈없는 몬스터 마크가 미니맵을 붉게 물들이고 있었다.

"그런데 똑같은 몬스터들밖에 없나 보네. 역시 키시미 일족과 관계가 있는 걸까?"

게임 시절의 이벤트에서 싸웠을 때도 다크 서머너, 섀도우 스토커, 다크 스토커의 세 종류뿐이었다.

설정상으로 이 셋은 키시미 일족이 몬스터로 변한 모습이었다.

"글쎄. 뭐, 지금은 아무래도 상관없잖아."

필마가 말한 것도 궁금하지 않은 건 아니지만 지금의 신에게는 몬스터의 정체 따위를 생각할 여유가 없었다.

"일단은 구멍을 뚫어야겠어."

신은 그렇게 말하며 【선라이트 엠브레이스】를 여러 개 출현시켰다.

하나만으로도 홀의 몬스터들을 절반 넘게 없앤 광구를, 신은 캐치볼이라도 하는 것처럼 통로 쪽으로 던져 넣었다.

통로 안쪽에서 지금까지 상황을 지켜보던 몬스터들의 비명이 울려 퍼졌다.

광구는 신이 담은 마력을 소모할 때까지 계속 빛을 발하기 때문에 당분간 몬스터들은 홀에 접근조차 못할 것이다.

그제야 신과 필마는 다른 동료들과 합류할 수 있었다.

"……걱정한 내가 바보 같아."

"갑자기 왜?"

"시야도 제한되고 몬스터가 우글거리는 곳으로 뛰어 들어 갔는걸. 걱정돼서 최대한 빨리 따라온 건데, 도착해보니 전부 끝나 있을 줄이야……."

걱정해서 손해 봤다며 한숨짓는 티에라 옆에서 세티가 어 처구니없다는 듯이 웃었다.

"신도, 필 언니도 여전하네."

신과 서포트 캐릭터만으로 파티를 맺었을 때는 슈바이드가 유인한 적을 신, 필마, 지라트 셋이서 해치우거나 신, 슈니, 세티의 마법으로 날려버리곤 했다.

어떤 방법을 취하든 신이 꼭 포함되는 것은 당연했다.

"약점만 알면 고전할 상대가 아니잖아."

현재 가장 위협적인 것은 상대의 숫자였지만 신 일행이라 면 그로 인해 고전할 일은 없으리라.

무모한 돌격처럼 보였어도 티에라가 걱정할 만한 일은 벌 어지지 않았으니까 말이다.

"많이 기다렸소이까?"

"아니, 우리도 방금 끝냈어. 다시 출발하자."

슈바이드가 막아내던 통로에도 신이 【선라이트 엠브레이

스)를 던져 넣은 뒤였다. 한동안은 쫓아오지 못할 것이다.

신 일행은 아래쪽으로 쭉쭉 나아갔다. 지하 깊이 내려가는 그들 앞을 가로막는 것은 어딜 가든 바뀌지 않는 세 종류의 몬스터뿐이었다.

"다른 몬스터는 없는 건가?"

"이래선 긴장감이 너무 없어."

적의 구성이 전혀 바뀌지 않다 보니 신 일행의 대응도 매번 비슷할 수밖에 없었다.

던전을 공략하는 입장에선 편했지만 사신이 이미 슈니의 기억을 얻었다면 그들이 이 정도로 지치지 않는다는 것을 잘 알 것이다.

"이제 슬슬 오려나?"

"신? 그건 또 무슨 — 꺄앗?!"

갑자기 티에라의 머리 위에서 불꽃이 튀었다.

신과 필마가 몸을 돌리며 휘두른 무기로 티에라에게 뻗어 오던 칼날을 튕겨낸 것이다.

"흡!"

그와 동시에 움직인 것은 슈바이드도 마찬가지였다. 티에라를 향한 공격은 신이 잘 대처할 거라 믿고 공격해온 원흉을 향해 『지월』을 찔러 넣었다.

"피한 건가."

하지만 내지른 『지월』 끝에 습격자의 모습은 없었다. 공격을 막아낸 순간 체중이 느껴지지 않는 움직임으로 뛰어올라 신 일행에게서 거리를 벌린 것이다.

"저건……."

"사신의 짓인 거지? 이렇게 될지도 모른다고 생각했지만, 실제로 보니까 완전 열받네!"

습격자를 보며 눈을 가늘게 뜨는 신 옆에서 필마가 으르렁 거렸다.

불쾌함이 그대로 드러나는 목소리였다.

왜냐하면 티에라를 공격해온 상대가 슈니를 본뜬 모습이었 기 때문이다.

"필 언니, 진정해."

"보아하니 능력까지 동일하진 않은 것 같소."

"바람의 허상…… 인가."

신의 【애널라이즈】가 습격자의 정체를 간파했다. 그것은 사 신이 만들어낸 존재로, 플레이어와 서포트 캐릭터를 복사한 몬스터였다.

게임 때는 기억을 빼앗긴 캐릭터 중에서 무작위로 생성되 었지만, 이번에는 슈니뿐이었기에 당연히 그녀의 모습이 된 것이리라.

거울에 비춘 것처럼 똑같이 복사한 것은 아니고, 입체화된 검은 그림자 같은 모습이었다. 다만 실루엣은 틀림없는 슈니 였다.

신 일행의 공격을 막아낸 것은 『창월』을 본뜬 그림자였다. 하지만 공격을 튕겨내기도 벅찼는지, 허상의 손에서 떨어져 나온 그것은 허공에 녹아들듯 사라졌다.

"음, 역시 하나가 아니군."

기습이 실패했기 때문인지 눈앞의 허상 외에 다른 그림자들도 차례차례 바닥에서 생겨났다.

숫자는 전부 여섯. 각각 티에라, 필마, 슈바이드, 세티, 유즈하, 카게로우를 향해 무기를 겨누고 있었다.

"내 상대가 없네?"

허상들은 즉시 공격을 시작했지만 무슨 일인지 신을 노리는 개체는 없었다. 마치 신의 존재가 보이지 않는 것처럼 다른 동료들만 집요하게 노렸다.

부상을 입은 사람은 없었지만 일단 슈니의 그림자답게 몇 번의 공격으로 쉽게 해치울 상대는 아닌 것 같았다.

하지만 철저히 무시당하는 신의 입장에서 보면 빈틈투성이였다.

벽을 차고 세티와 티에라의 머리 위에서 공격을 가하려던 개체에게 신이 내쏜 화염 마법 스킬 【플레어 애로우】가 박혔다.

"날 무시하다니 배짱 한번 좋군."

신의 공격을 받으면서도 아무 반응을 보이지 않았던 허상은 【플레어 애로우】를 맞은 부분을 중심으로 직경 1메르 정도가 소멸했다. 남은 팔다리도 공중에 흩어지듯 사라졌다.

"어떻게 된 거야?"

"슈니에게서 나온 존재들이니까 신을 공격하지 못해도 납
득은 가지만…… 말이지!!"

신이 의아하다는 듯이 말하자 필마가 눈앞의 허상을 쓰러
뜨리며 대답했다.

"바람의 허상…… 원본이 된 사람의 숨은 욕망이 실체화된
존재라고 하지 않았어?"

"뭐, 실제로는 사신으로 인해 여러 가지로 왜곡되어서 원래
의 바람과는 많이 달라진다고 들었어."

신은 이벤트의 설명문을 떠올리며 설명했다.

어떤 바람이든 공격적이거나 악의적인 내용으로 변화시킨
다고 적혀 있었다.

"슈 언니는 우리가 귀찮았던 걸까?"

세티는 신을 제외한 멤버들이 공격당해 슬프다는 듯이 말
했다.

아무리 왜곡되었다지만 슈니의 허상은 다른 동료들이 필요
없다는 듯이 행동하지 않았는가.

"아마 아닐 거야."

티에라는 마지막 허상을 향해 화살을 쏘며 그 말을 부정했
다.

"스승님은 아마 신과 함께 있고 싶었던 것뿐일 거야. 재회

한 뒤에는 금방 떨어져야 했고, 합류한 뒤로도 단둘이 있지는 못했으니까."

티에라의 추측에는 묘한 설득력이 있었다.

이야기를 듣던 멤버들은 아무도 반박하지 않았다.

분명 신과 슈니가 단둘이 행동할 기회는 많지 않았다.

둘이서 잠깐 장을 보러 가는 경우는 있었지만 그것이 하루를 넘은 적은 없었다. 히노모토에서 슈니 혼자 먼저 달려왔을 때도 단둘이 있었다고 하기는 어려웠다.

"그런 마음까지도 살의로 바꿔버리는 건가."

벽과 바닥에서 새로운 허상이 출현하는 것을 보며 슈바이드는 불쾌하다는 듯이 말했다.

좋아하는 사람과 단둘이 있고 싶은 마음은 누구나 똑같다.

만약 그것 때문에 허상이 동료들을 공격했다는 것을 알면 슈니는 분명 괴로워할 것이다.

"신. 이 녀석들이 신을 노리지 않는다면 신 혼자 먼저 가는 게 어떻소이까?"

"나 혼자?"

"이 정도라면 우리가 밀리진 않을 것이오. 그리고 신이라면 사신 따위에게 당하지는 않을 테지."

슈바이드는 주위를 포위하는 허상들에겐 눈길조차 주지 않으며 단언했다.

"맞아. 그냥 보내준다면 우리도 그걸 이용해야지. 빨리 가서 되찾아와."

"응, 응. 뒷일은 우리에게 맡겨. 이 정도의 몬스터에게 당할 정도면 어디 가서 신의 부하라고 말 못하지."

필마와 세티도 슈바이드의 말에 맞장구를 쳤다.

다들 은연중에 '네가 가지 않으면 누가 가겠어?'라고 말하는 듯했다. 신이 전투에서 빠지는 것에 대한 불안감은 조금도 느껴지지 않았다.

"쿠우, 이건 신이 꼭 해야 하는 일이야."

전투를 위해 2메르 정도로 거대화된 유즈하도 신을 바라보며 말했다. 카게로우도 어서 가라는 듯이 울음소리를 냈다.

티에라는 말이 없었지만 똑같은 마음이라는 듯이 고개를 살짝 끄덕여 보였다.

"……알았어. 먼저 갈 테니까 빨리 따라와!"

신은 『무월』을 고쳐 쥐며 동료들에게 등을 돌린 채 달려가기 시작했다. 신이 도망쳤는데도 허상들은 역시나 아무 반응을 보이지 않고 다른 동료들만 공격했다.

"슈니, 지금 갈게!"

신은 능력치의 모든 【리미트】를 풀고 강하게 땅을 박찼다. 내디딘 땅이 크게 갈라지는 것과 동시에 신의 몸이 빠르게 가속되었다.

다크 스토커들이 신을 쫓아왔다. 하지만 슈니를 향해 달려가는 신을 가로막기에는 너무나도 역부족이었다.

신은 잠시도 다리를 멈추지 않으며 스킬을 발동했다.

"방해하지 마!"

신의 앞을 가로막던 다크 스토커들이 사방으로 튕겨나갔다. 내리치는 앞발과 몸을 뒤덮은 외골격까지 산산조각 나며 흩어졌다.

신은 반격조차 하지 않았다. 단지 계속 달려갈 뿐이다. 방금 전과 달라진 점이 있다면 온몸이 황금빛에 뒤덮여 있다는 것이었다.

3종 혼합 복합 스킬【천둥의 옷】.

사용자의 몸을 뒤덮듯이 물리 공격을 튕겨내는 방어 장벽을 전개하고 그 위로 고출력의 번개까지 일으키는 맨손, 신성 마법, 번개 마법이 합쳐진 복합 스킬이었다.

사용할 때의 모습 때문에 일부 플레이어들은 슈퍼 모드나 하이퍼 모드라 불렀는데, 그런 명칭에 충분히 어울릴 만한 위력을 갖추고 있었다.

플레이어의 능력에 비례해서 강도와 내구력이 올라가는 물리 장벽은 다크 스토커의 앞발 따위가 절대 침범할 수 없었고 온몸에서 뿜어져 나오는 빛이 다크 서머너의 어둠을 몰아냈다.

지금의 신에게 공격해오는 몬스터는 공기나 다름없었다.

"역시 허상은 안 나오는군."

신은 그것이 무엇을 의미하는지 알 수 없었다.

【천둥의 옷】을 유지한 채 던전을 질주할 뿐이었다.

【매직 소나】로 길을 확인하고 몬스터를 튕겨내고 함정은 무시하면서 최단 거리를 주파해나갔다.

그리고 이윽고 도착했다. 숨은 던전의 최심부, 사신과 슈니가 기다리는 보스 공간으로 말이다.

"……."

신은 실내의 공격을 경계하면서 문손잡이에 손을 얹었다.

중후하게 장식된 문은 보기와 다르게 신이 가볍게 준 힘만으로도 소리 없이 열렸다.

그 안에서 처음으로 나타난 것은 어둠이었다. 다음으로 신을 맞아준 것은 은색 등불이다.

보스 공간의 양쪽 끝에 세워진 촛대에 저절로 불이 붙은 것이다.

그리고 불에 비친 실내의 안쪽에 그것이 있었다.

사신 아듀트로포스.

얼굴을 완전히 숨긴 가면도, 표정을 읽을 수 없는 공허한 눈도, 왜곡된 형태의 팔다리도, 온몸의 문신도, 뱀처럼 보이는 하반신까지 게임 시절 그대로였다.

하지만 머리에서 뻗어 나온 은색 머리카락과 손끝에서 돋아난 얼음 손톱만큼은 예전과 달랐고, 가슴에 박힌 푸른 수정에는 슈니가 갇혀 있는 모습이 보였다.

"……!!"

그 모습을 본 순간 신은 즉시 돌진했다.

【리미트】를 완전히 해방한 상태의 돌격이었다. 지금의 신에게는 적의 전력을 살피는 선택지가 존재하지 않았다.

신은 전광석화처럼 빠르게, 50메르가 넘는 아듀트로포스와의 거리를 2초 만에 좁혔다.

그가 노리는 것은 왼팔이었다. 정신 계열 스킬과 마법을 난사하는 아듀트로포스의 상징이라 할 수 있는 부위에 신의 『무월』이 미끄러지듯 꽂혔다.

검술/신성 마법 복합 스킬 【재앙 베기 · 명성(明星)】이었다.

촛대의 불꽃이 비추는 실내에 금속처럼 뜨거운 빛이 번쩍였다.

데몬과 악마, 언데드처럼 사악한 모든 존재에게 큰 대미지를 주는 복합 스킬이 아듀트로포스의 왼팔을 날려버렸다.

그러는 사이 아듀트로포스가 어디를 보았는지, 자신에 대한 공격을 인식했는지는 분명하지 않았다.

하지만 대미지를 입음으로써 발동하는 특수 능력은 아듀트로포스의 지각 상태와는 아무 상관이 없었다.

신이 이동 무예 스킬 【비영】으로 추격하기도 전에, 어깨에서 잘려나가 땅에 떨어지던 왼팔이 검게 빛났다.

"쳇!"

신은 즉시 뛰는 방향을 바꾸었다. 왼팔과 자신 사이에 아듀트로포스가 들어오도록 움직이며 그 거대한 몸을 방패로 삼

았다.

그리고 몇 초 뒤에 보스 공간 안을 어슴푸레한 빛이 가득 채웠다. 모든 상태 이상을 동시에 일으키는 【나락의 극광】이었다.

신이라면 충분히 버텨낼 수 있는 공격이지만 신중을 기하기 위해 피한 것이다. 【나락의 극광】은 아듀트로포스의 본체와 그 그림자 부분에는 효과가 미치지 않았다.

"역시 움직이는 건가."

신은 빛이 사라지는 것과 동시에 공격하려 했지만 아듀트로포스는 뱀 같은 하반신의 비늘을 뒤집어 그곳에서 다양한 모양의 곤충 다리를 출현시켰다.

징그럽게 꿈틀대는 그것은 보기만 해도 생리적인 혐오감을 불러일으켰다.

아듀트로포스는 뱀이나 지네처럼 몸을 구불거리면서도 상당히 빠른 속도로 움직였다.

게다가 벽과 천장에서도 자유롭게 이동할 수 있었다. 바닥을 기어 다니는 것처럼 벽을 수직으로 올라가거나 천장에 달라붙어서 상태 이상 공격을 퍼붓는 것도 가능했다.

플레이어의 원거리 공격을 쉽게 피하면서도 상태 이상을 유발해서 일방적으로 공격하려 하는 전투 스타일도 아듀트로포스가 혐오 대상이 된 이유 중 하나였다.

하지만 ─ .

"닿지 않을 거라고 생각한 건가?"

벽을 타고 달리거나 공중에서도 이동할 수 있는 신은 아듀트로포스가 싸워온 다른 플레이어들과 전혀 다른 존재였다.

신의 지금 능력치라면 도약과【비영】만으로도 천장까지 충분히 손이 닿았다. 벽을 타고 이동해야만 하는 아듀트로포스에게 밀리는 부분은 전혀 없었다.

"슈니가 대미지를 입진 않았군."

신은 벽을 타고 오르는 아듀트로포스를 바라보며 슈니의 체력 게이지를 확인했다.

처음에 왼쪽 팔을 노린 것은 성가신 공격 수단을 제거하는 것과 동시에 슈니가 대미지를 입는 것을 피하기 위해서였다.

슈니만 아니었어도 신의 첫 번째 공격으로 목이 떨어졌으리라.

"돌려받겠어."

신의 입에서 흘러나온 말이 보스 공간 전체에 반향되며 울려 퍼졌다. 그의 원래 목소리나 사신의 목소리가 아닌, 전혀 다른 누군가의 목소리가 섞여 나오고 있었다.

신은 그것을 깨닫지 못하고 천장에 발을 걸치던 아듀트로포스의 눈앞으로 몸을 날렸다.

【재앙 베기·명성】의 빛이 깃든 『무월』을 신이 아듀트로포스에게 내리치려는 순간, 칼날에 보라색 수정 같은 빛이 뒤섞였다.

아듀트로포스도 보스 몬스터답게 오른팔의 손톱으로 반격해왔다. 하지만 게임 때는 존재하지 않았던 얼음 손톱조차 신의 공격을 막아내기에는 역부족이었다.

『무월』의 섬광이 얼음 손톱을 잘라냈고 그 여파로 아듀트로포스의 손에서 팔꿈치까지 잘려나갔다.

"빨리 — 앗?!"

신은 흐름을 살려 상대의 가슴 쪽으로 뛰어들며 목을 베기 위해 『무월』을 휘둘렀다.

그 칼날이 아듀트로포스에게 닿기 직전, 신의 눈앞에 슈니가 봉인된 푸른 수정이 나타났다.

수정의 강도가 어느 정도인지는 알 수 없었다. 하지만 신의 공격이 수정의 강도를 상회할 경우 『무월』의 칼날이 틀림없이 슈니를 해칠 것이다.

신은 바로 【비영】을 발판 삼아 『무월』을 휘두르는 반대 방향으로 힘을 주었다.

신의 강한 완력 덕분에 『무월』은 수정에 닿기 직전에 멈췄다.

아듀트로포스는 그것을 기회로 보았는지 은색 머리카락을 내뻗어 신을 붙잡으려 했다.

범위는 넓지만 속도는 빠르지 않았다. 신은 즉시 그 자리에서 벗어나며 아듀트로포스와 같은 벽에 섰다.

"이봐……."

신의 입에서 노기 섞인 목소리가 흘러나왔다.

"너, 방금! 나에게! 무슨 짓을 시키려고 한 거야!!"

신은 들끓는 감정 그대로 소리쳤다.

아무 스킬도 사용되지 않은 순수한 노성이었지만, 신의 포효에 방을 비추던 촛대의 불꽃이 격렬하게 흔들렸다.

슈니를 봉인한 수정에 한 줄기 균열이 생겨났을 정도였다.

신은 『무월』이 수정에 닿기 전에 멈췄지만 고대급 무기라면 직접 닿지 않더라도 여파만으로 주변에 영향을 끼칠 수 있었다. 수정에 생겨난 균열이 그 증거였다.

신이 『무월』을 멈추지 않았다면 슈니는 수정과 함께 두 동강이 났을 것이다.

구하러 온 사람이 구하려는 사람을 죽이게 한다. 아듀트로포스가 취한 행동은 신의 노여움을 샀다.

"……편하게 죽을 생각은 버려."

신은 밟고 있던 벽을 차서 부수며 질주했다.

아듀트로포스가 게임 때 보지 못한 얼음 화살을 날렸지만 신은 자신을 향하는 공격만 튕겨내며 단숨에 거리를 좁혔다.

그가 노리는 것은 벽을 기어오르기 위한 곤충 다리였다. 수정을 순간 이동시키더라도 대응할 수 있도록 준비하면서 신은 『무월』을 휘둘렀다.

왼쪽에 난 다리가 한꺼번에 잘려나갔다. 『무월』의 칼날이라면 갑각에 덮여 있더라도 두부처럼 베어낼 수 있었다.

신은 상대의 방해를 전부 튕겨내거나 피하며 다리를 계속 베어나갔다.

"슬슬 시험해볼까."

왼쪽 다리를 3분의 2 정도 베어내자 아듀트로포스의 하반 신이 상당히 불안정해졌다. 신은 뱀의 몸통 부분에 주저 없이 『무월』을 꽂아 넣었다.

지금까지에 비하면 미미한 공격이었다. 아듀트로포스도 별다른 고통을 느끼지 않는 것 같았다.

"몸속이 타 들어가는 고통을 느껴봐라!"

검신 끝까지 박힌 『무월』이 뜨겁게 불타올랐다.

검술/화염 마법 복합 스킬 【가루라염(迦樓羅炎)】.

신이 발동한 것은 검신에 붉은색과 금색이 뒤섞인 화염을 일으키는 스킬이었다. 아다만틴까지도 녹여버리는 불꽃이 아듀트로포스의 몸을 내부에서 불태웠다.

칼날이 박힌 부분에서 황금색 빛이 새어 나오더니 살덩이 가 힘없이 녹아내렸다. 칼날에서 발생한 열을 아듀트로포스 의 몸이 견뎌내지 못한 것이다.

"수정을 몸속까지 이동시키긴 못하나 보지!!"

신은 다른 곳에 『무월』을 찔러 넣으며 꼬리 위를 질주했다.

칼날의 궤적을 따라 화염이 꼬리 위를 가로질렀다. 그대로 꼬리 위를 한 바퀴 왕복하진 못했지만 잘려나가기 직전까지 대미지를 줄 수 있었다.

신은 다시 방향을 바꾸어 아듀트로포스의 등을 따라 질주했다.

뱀의 하반신에서 사람 형태의 상반신을 향해, 아듀트로포스의 공격을 피해서 지그재그로 움직이며 거대한 몸체를 난도질했다.

"aluabrao#ri%bia!!"

알아들을 수 없는 비명이 아듀트로포스의 입 부분에서 흘러나왔다. 그리고 몸이 검게 물들기 시작했다.

"쳇, 이건 또 이벤트하고 똑같군!!"

아듀트로포스는 게임상에서 완전히 쓰러뜨릴 수 없게 설정되어 있었다.

몬스터이기는 해도 신으로 분류되는 존재인 것이다. 육체가 사라지더라도 언젠가는 부활하는 설정이었다.

그런 설정 탓인지 보스 중에는 최후의 발악으로 플레이어의 허를 찌르는 종류도 있었다.

아듀트로포스는 HP가 일정치까지 떨어지면 주변 플레이어를 길동무 삼아 소멸하는 특징을 갖고 있었다.

아듀트로포스의 몸이 전부 검게 변하면 거대한 몸 전체가 무너져 내리기 시작한다. 게임에서는 아듀트로포스가 녹아 사라질 때까지 플레이어가 살아남으면 토벌 성공이었다.

"슈니를 데려가게 놔두진 않아!!"

신은 그렇게 외치는 동시에 까만 탁류로 변한 아듀트로포스를 향해 뛰어들었다. 수정을 순간 이동시키는 능력이 아직 남아 있을 수도 있었기에 『무월』은 최대한 휘두르지 않기로 했다.

가만히 있으면 탁류에 휩쓸릴 수밖에 없으므로 『천둥의 옷』을 발동해 아듀트로포스의 잔해를 날려버리며 슈니를 향해 달려갔다.

"뭔가가…… 있군."

탁류에 직접 닿지 않았음에도 신의 HP 게이지가 조금씩 줄어들고 있었다.

게임에서는 HP가 남았어도 탁류에 삼켜진 순간 사망 처리되었다.

신과 수정을 집어삼키기 위해 움직이는 탁류에도 그와 비슷한 효과가 있는 듯했다.

"슈니와 함께라면…… 그런 생각도 들지만 말이지."

수정에 도달한 신은 슈니의 얼굴을 바라보며 독백했다.

이미 각오는 되어 있었다. 슈니와 함께라면 어디서 죽든 후회는 없었다.

"— 여기서 순순히 죽어줄 만큼 내가 만만하진 않다고!!"

신은 생산 계열 스킬인 【창련】을 발동해서 수정에 자신의 팔을 박아 넣었다. 그리고 단단히 고정된 것을 확인한 뒤 다음 스킬을 발동했다.

신과 수정을 중심으로 보라색 선의 마법진이 그려지기 시작했다.

직경 5메르 정도의 원과 그 안쪽에 그려진 복잡한 문양.

짙게 명멸하는 마법진은 출현한 순간 신과 슈니를 둘러싼 검은 탁류를 날려버리기 시작했다. 바깥쪽 원이 경계선이 된 것처럼 탁류의 침입을 허용하지 않았다.

"사라져!!"

신의 외침에 반응하며 마법진의 빛이 강해졌다.

원의 바깥쪽에서 직경 60세메르 정도의 보라색 화염이 여섯 개 피어오르더니 원을 따라 제각각의 방향으로 돌아다니기 시작했다. 보라색 화염은 여러 개의 원으로 바뀌더니 몇 초 뒤에는 단숨에 몇 배로 커졌다.

신과 슈니를 삼키려던 탁류가 지워지듯이 소멸해갔다.

화염에 직접 닿았든 닿지 않았든 전부 사라지고 있었다.

화염 마법 스킬【멸락(滅落)의 겁화(劫火)】. 사용자의 일정 범위 내에서 피아 구분 없이 큰 대미지를 주는 광범위 마법 스킬로, 도망칠 수 없는 실내에서는 압도적인 성능을 자랑했다.

그 효과 범위는 두 사람이 있는 보스 공간 전체를 망라했고 탁류로 변한 아듀트로포스의 잔해가 도망칠 곳은 없었다.

"……반응은 사라졌군."

스킬이 종료된 뒤에 미니맵과 탐지 스킬에서 아듀트로포스의 반응이 사라진 것을 확인한 뒤에 신은 수정에서 팔을 빼냈다.

【멸락의 겁화】에 노출되지 않도록 신의 몸과 밀착해두었기에 처음에 생겨난 균열 외에는 멀쩡했다.

"필마 때와 똑같군."

우연일까, 아니면 뭔가 다른 이유가 있는 것일까? 슈니가 봉인된 수정의 정체는 『계의 물방울』이었다.

이쪽은 슈니의 마력과 친화되었는지 푸른빛을 내고 있었다. 필마 때처럼 슈니에게 흡수되지는 않는 듯했다.

방해하는 사람도 없었기에 신은 즉시 슈니를 구출하기로 했다. 【창련】을 발동해서 수정을 조금씩 구체로 바꾼 뒤 카드화했다.

단단한 『계의 물방울』도 【창련】을 사용하면 점토보다 부드러워진다. 슈니를 구출하는 데 그리 오랜 시간은 걸리지 않았다.

"슈니. 이봐, 슈니!"

호흡과 맥박이 있는지 확인한 신은 슈니를 깨우기 위해 가볍게 몸을 흔들었다. 잠시 뒤에 슈니가 몸을 조금씩 꿈틀거렸다.

"……? ……시……인?"

천천히 열린 눈꺼풀 안의 창공 같은 눈동자와 시선이 마주쳤다.

표정이 멍한 것을 보면 아직 의식이 또렷해지지 않은 듯했다. 신은 서두르지 않고 슈니의 상태를 살폈다.

보스는 쓰러뜨렸다. 그렇다면 기억도 돌아와 있을 것이다.

"나를 알아보겠어?"

"대체 무슨 일이 — 어? 저, 저기…… 어째서 이런 자세를 하고 있는 건가요?"

지금의 슈니는 등과 무릎 뒤쪽을 신이 지탱하고 있는 상태였다. 소위 말하는 공주님 안기였다.

"지금까지 무슨 일이 있었는지 기억나? 기억이 빠진 부분은 없고?"

"—아."

신의 말에 슈니의 표정이 빠르게 창백해졌다.

"기억이…… 나요. 하지만 정말 기억을 되찾았다고 할 수 있는 걸까요? 하멜른과 싸우기 전의 기억도, 그 뒤의 기억도 전부 또렷한데요."

"전부…… 기억나는 거지? 게임 시절에 있었던 일들도, 내가 돌아온 뒤에 보냈던 시간도."

"네. 사신에게 조종당해서 신과 동료들을 적대했던 것도 기억이 나요."

슈니는 작은 동작이지만 분명하게 고개를 끄덕거렸다.

조종당할 때의 기억은 생각나지 않는다고 말할 수도 있었을 것이다. 하지만 슈니는 정직하게 이야기해주었다.

안색이 창백해진 것은 자신이 무슨 짓을 저질렀는지 자각하고 죄책감을 느꼈기 때문이리라.

"저기, 정말로 죄송—."

"아아! 정말 다행이야……."

슈니의 사과가 신의 큰 외침에 묻히고 말았다. 신은 힘이 빠진 것처럼 그 자리에 주저앉아 버렸다.

그에게 안겨 있던 슈니도 몸이 붕 뜨는 느낌이 났다.

"꺄앗!"

"이런."

신은 바닥에 주저앉은 상태로 용케 슈니의 몸을 받아냈다.

그리고 그녀의 몸을 있는 힘껏 끌어안았다.

"어, 저기, 신?"

"다행이야…… 정말로 다행이야. 내가 애매하게 행동한 탓에 슈니가 사라지면 어쩌나 하고 얼마나 불안했다고."

이벤트에 대한 기억이 있다 해도 슈니가 정말로 무사할지는 알 수 없었다.

육체가 무사하더라도 마음은 전혀 딴 사람이 될 가능성도 있었다.

아직 살아 있다. 분명 괜찮을 거다. 신은 그런 말로 스스로를 격려하며 여기까지 온 것이다.

슈니가 무사하다는 걸 알게 되자 기쁨을 주체하지 못하는 것도 무리는 아니었다.

"신이 잘못한 건 없어요. 제가 방심한 탓인걸요."

"아니, 이건 내 잘못이야. 좀 더 빨리 각오를 굳혀서 내 마음을 전했다면 달라졌을 거야."

자신을 책망하는 슈니에게 신은 강한 어조로 말했다.

슈니가 사신에게 조종당한 것은 그럴 만한 마음의 빈틈이 생겨났기 때문이다. 그리고 그 원인은 신에게 있었다. 그것을 슈니가 잘못 알게 할 수는 없었다.

"그날 밤, 전하지 못했던 말을 지금 할게."

"……네."

신은 끌어안았던 팔을 풀고 슈니의 어깨에 손을 얹었다.

신의 의도를 이해한 슈니도 긴장된 표정을 지었다.

이 세계에 남아달라는 슈니의 부탁에 대한 신의 대답.

그때는 목구멍에서 멈춰버렸지만 이번엔 달랐다.

각오는 정해졌다. 남은 것은 분명히 입 밖에 내는 일뿐이다.

"나는 이 세계에 남을게. 그러니까 계속 함께 있어주지 않겠어? 주종 관계가 아니라…… 한 쌍의 남녀로."

"……?! 저기, 그 말은……."

신의 말에 슈니가 눈을 크게 떴다.

"뭐, 저기, 그러니까…… 결혼……해줘."

"……?!"

신은 슈니의 눈을 똑바로 들여다보며 말했다.

농담이 아니었다.

슈니를 위로하기 위한 임시방편도 아니었다.

조금의 거짓도 섞이지 않은 신의 진심이었다.

"어?! 어, 슈니?"

신의 고백을 들은 슈니의 눈에서 투명한 물방울이 흘러내렸다. 예상치 못한 반응에 신은 허둥댈 뿐이었다.

"미안해요. 신과 재회했을 때부터 계속…… 계속 그렇게 되길 바랐어요."

슈니는 하염없이 흘러내리는 눈물을 닦아내며 신을 마주보았다.

"정말 저로 괜찮겠어요? 이런…… 저 따위하고— ?!"

신은 대답 대신 자신의 입술로 슈니의 입을 틀어막았다. 자신을 비하하는 말을 억지로 중단시킨 것이다.

처음엔 당황하던 슈니도 그것이 무슨 행위인지 이해하자 조심스레 신의 몸을 끌어안았다.

"……신 ……신!"

살짝 맞닿은 입맞춤이 점점 열기를 띠어갔다.

게임 시절에 키스는 신을 비롯한 플레이어들이 할 수 있는 최대의 애정 표현이었다.

사랑하는 여성에게.

사랑하는 남성에게.

자신의 마음을 숨결에 담아 서로 나누는 것이다.

입맞춤의 의미를 잘 아는 슈니는 평소의 모습에선 상상하기 힘들 만큼 열정적으로 신을 갈구했다.

눈물은 멈추지 않았다. 하지만 그것이 슬픔 때문이 아님을 신도 확신하고 있었다.

"— 하아."

긴 입맞춤은 누가 먼저랄 것도 없이 자연스럽게 멀어지며 끝났다. 두 사람의 입술을 잇는 가느다란 실이 아쉬움을 남기며 사라졌다.

그것을 본 슈니는 뒤늦게 뺨을 붉혔다.

"꿈은…… 아니겠죠?"

"그래. 의심이 가면 뺨을 꼬집어줄까?"

"그러면 부탁드릴게요."

"어, 정말로?"

신은 농담으로 한 말이었지만 슈니는 눈을 감은 채 신에게 뺨을 내밀었다.

신은 자신이 꺼낸 말이었지만 차마 슈니를 꼬집을 수는 없어서 부드러운 뺨을 어루만질 뿐이었다.

"이 정도로는 꿈이 안 깰 텐데요?"

"내가 꺼낸 말이었지만 굉장히 힘든 일이야."

"후후, 신은 상냥하네요."

신은 겸연쩍게 신음하며 슈니의 눈가에 남아 있던 눈물을 닦아주었다.

이제 슬픈 눈물을 흘리게 하지는 않을 것이다.

신은 미소 짓는 슈니를 바라보며 다시금 그런 결심을 했다.

"다른 동료들도 와 있는 건가요?"

"그래. 날 먼저 보냈어."

신은 자신을 보내준 동료들을 떠올리며 미소를 지었다. 몬스터에게 당했을지도 모른다는 걱정은 당연히 조금도 하지 않았다.

"그러면 어서 만나러 가요. 다들 걱정할 테니까요."

"그러네. 가볼까— 어?!"

슈니에게 고개를 끄덕여 보이던 신이 자리에서 일어나려 했을 때 던전 전체가 흔들리기 시작했다.

"뭐지?"

주변을 둘러보자 보스 공간 전체에 복잡한 문양이 그려져 있었다. 신도 잘 아는 마법진이었다.

"전송 마법진일까요?"

"틀림없어. — 그러고 보니 보스를 쓰러뜨린 뒤 바로 탈출하지 않으면 적당한 장소로 이동된다는 이야기를 들었던 것 같은데……."

숨은 던전의 정보는 애매하게 기억나는 부분도 있었고 진위 여부가 불분명한 부분도 있었다. 그런 정보 가운데서도 지금 상황에 들어맞는 것은 단 한 가지뿐이었다.

"결정석은…… 무리겠군. 분명 벽 속 같은 데로 이동된 녀석은 없다고 들었는데."

"괜찮아요. 이 술식에서는 악의가 느껴지지 않거든요."

다급해하는 신을 슈니가 진정시켰다. 붙잡혀 있던 영향인지 그런 것이 조금은 느껴진다고 한다.

　"신. 이대로 안아주세요."

　"그래, 알았어."

　어디로 보내질지는 알 수 없었다. 하지만 이렇게 안고 있으면 같은 장소에 갈 수 있을 거라고 신은 생각했다.

　마법진에서 빛이 넘쳐흘렀다.

　강한 반짝임이 방을 가득 채웠고, 빛이 사라진 뒤에는 아무것도 남지 않았다.

†

　신이 슈니에게 마음을 고백했을 무렵. 던전 입구에서 몇 메르 떨어진 곳에 까만 액체 같은 것이 고여 있었다.

　부글부글 끓어오르는 그것, 몇 분 전까지 사신 아듀트로포스로 불리던 액체는 천천히 지면에서 떨어지더니 하늘을 향해 떠오르기 시작했다.

　아무리 타락했다지만 아듀트로포스는 신에 속하는 몬스터였다. 자신의 본거지인 숨은 던전에서 싸운 덕분에 신에게서 도망치는 데 성공한 것이다.

　게임 이벤트에서 HP를 0으로 떨어뜨리지 않아도 토벌에 성공했던 것은 그런 이유에서였다.

플레이어에게 쓰러지고 부활한 뒤에 다시 쓰러진다. 그것이 이 세계에서 아듀트로포스에게 주어진 역할이었다.

이벤트의 배후. 사람들의 고통을 줄여주기 위해 발버둥치던 신은 결국 광신(狂神)으로 타락해 이 세계에 고정되어 있다.

언젠가 사신의 비밀을 알아챈 자가 나타나 완전히 토벌될 때까지 아듀트로포스는 멈출 수 없는 것이다— .

"기척을 보니 네놈이 사신이로군."

힘을 모으기 위해 일단 이 땅에서 벗어나려는 아듀트로포스에게 상공에서 목소리가 들려왔다.

그 몸 위로 그림자가 드리우며 태양이 가려졌다.

"신의 마력이 느껴지는군. 그렇게 약해진 모습으로 도망쳐온 게냐?"

아듀트로포스의 몸 표면이 부글거렸다. 자신을 내려다보는 상대가 단순한 몬스터가 아님을 알아챈 것이다.

"약해진 상대를 공격하는 건 내 방식이 아니다. 하지만 지금만큼은 그런 긍지를 버리겠다!"

종말을 가져다주는 자가 반드시 사람이라는 법은 없었다.

아듀트로포스는 알지 못했다. 신보다도 위험할 수 있는 존재가 던전 밖에서 기다리고 있었다는 사실을 말이다.

"으음?!"

차오바트의 등장에 반응한 것처럼 던전에서 빛이 나더니 이내 사라졌다.

"……도망치기 위한 장치인가. 녀석들은 다른 곳으로 전송된 것 같군."

마력을 감지한 차오바트가 머리를 세 번 다른 방향으로 움직였다. 신 일행은 셋으로 나뉘어 옮겨진 것 같았다.

"그 녀석들이 없다면 봐줄 필요도 없겠지."

그 자리에서 도망치려던 아듀트로포스에게 차오바트의 시선이 향했다. 크게 펼친 날개 중에서도 연청색 빛의 날개가 강하게 빛나기 시작했다.

그와 동시에 하늘을 뒤덮던 구름 일부가 걷혔다.

어둑어둑한 세계를 향해, 차오바트의 바로 위에서 빛이 쏟아져 내렸다. 그것을 차오바트는 등으로 받아냈다.

빛은 지상까지 닿지 못한 채 차오바트의 날개에 흡수되었다. 태양 빛을 등에 받은 차오바트의 온몸이 금색으로 반짝거렸다.

"사라지거라."

금색 반짝임이 차오바트의 입안에 집중되며 황금 열선이 발사되었다.

하늘을 찢어발기는 번개보다 빠르고 대지를 깨부수는 운석보다도 묵직한 일격이었다. 그 앞에서 아듀트로포스가 취할 수 있는 행동은 아무것도 없었다.

회피나 방어도 불가능했다. 하늘에서 떨어진 빛이 사신의 모든 것을 지워버렸다.

명중된 열선은 아듀트로포스를 없애는 것만으로 부족했는지 땅을 도려내고 나무들을 잿더미로 만들어, 재생해나가던 대지를 다시 불모지로 돌려놓았다.

빛이 사라진 뒤에 그곳에 남은 것은 유리로 변한 지면과 거대한 분화구뿐이었다.

그리고 그것을 내려다보는 존재는 차오바트뿐이었다.

"내 벗이여. 그대의 혼에는 나와 함께 지낸 날들의 기억이 돌아왔는가?"

몇 초 동안 말없이 분화구를 지켜보던 차오바트는 그렇게 중얼거리며 날개를 펄럭였다.

단숨에 가속이 붙으며 두꺼운 구름을 통과했다. 그리고 하늘 저편으로 사라졌다.

†

"— 신 군의 반응이 사라졌군요. 이런 식으로 사라지는 걸 보면 전송 마법이겠죠. 아무래도 아듀트로포스를 쓰러뜨렸나 보네요."

신 일행이 전송한 것과 같은 시각. 어딘지 모를 어두운 방 안에서 하멜른은 혼자 중얼거리고 있었다.

"전송 마법으로 이동했다면 반응을 쫓기는 힘들겠네요. 흠, 슈니 씨의 기억은 돌아왔을까요? 아니면 돌아오지 않으려나요?"

신 일행과 헤어진 뒤에 하멜른은 그들의 행동을 추적해왔다.

평소였다면 신 일행도 눈치챘을지 모른다. 하지만 슈니의 기억을 되찾는 일에 정신이 팔린 나머지 알아채지 못한 것이다.

던전 안의 플레이어 반응을 추적하는 것은 일부 특수한 스킬로만 가능했다.

그것을 습득할 수 없는 직업인 하멜른에게는 당연히 불가능한 일이어야 했다.

하지만 그것은 게임 시절의 이야기였다. 이 세계는 달랐다.

"돌아가지 않는다면 신 군은 어떻게 될까요?"

게임 시절의 신을 알고 있는 하멜른은 입가에 미소를 지으며 중얼거렸다.

하멜른은 한때 신을 돕기 위해 행동하기도 했지만 그것은 그에게 나름의 사정이 있었던 것에 불과했다. 기본적으로 플레이어 킬러인 하멜른은 신의 적이었다.

"하지만 설마 차오바트가 있을 줄이야. 역시 신 군을 지켜보는 건 재밌네요. 예전과 달라졌을지도 모른다는 게 조금 아쉽기도 하지만 어떻게든 방법은 찾아낼 수 있겠죠."

하멜른은 그렇게 말하며 비스듬히 내려다보던 시선을 정면으로 향했다.

"또 만나게 될 날을 기대하고 있겠어요."

그 방향은 마침 신과 슈니가 이동한 장소와 일치하고 있었다.

THE NEW GATE

이름 : 세티 루미엘
성별 : 여성
종족 : 하이 픽시
메인 잡 : 마도사
서브 잡 : 연금술사
모험가 랭크 : 없음
소속 길드 : 육천

●능력치

LV : 255
HP : 6039
MP : 9035
STR : 409
VIT : 572
DEX : 900
AGI : 740
INT : 953
LUC : 71

●전투용 장비

머리 요정 공주의 뾰족 모자【INT 보너스[특], 감각 방해 무효】

몸 요정 공주의 로브【VIT 보너스[특], 소비 MP 감소[특]】

팔 요정 공주의 반지【사정거리 상승[특], MP 자동 회복[특]】

다리 요정 공주의 부츠【AGI 보너스[특], 구속 무효】

액세서리 신화의 귀걸이

무기 소월(宵月)【무기 파괴 공격 무효, 소비 MP 감소[특], 마법 대미지 상승[특], 피대미지 감소[특], 사용자 제한】

●칭호

● 마도의 정점
● 마장(魔杖)의 주인
● 정령의 벗
● 마도 요정
● 이치를 깨달은 자
etc

●스킬

● 선라이트 엠브레이스
● 블루 저지
● 플레어 볼케이노
● 그래비티 케이지
● 그라운드 웨이브
etc

기타

● 신의 서포트 캐릭터 NO. 5
● 츠무긴의 비호자

※보너스 상승치 미〈약〈중〈강〈특

이름 : **차오바트**
종족 : 에인션트 드래곤
등급 : 없음

●능력치

LV : 1000
HP : ?????
MP : ?????
STR : 999
VIT : 973
DEX : 891
AGI : 980
INT : 999
LUC : 30

●전투용 장비

없음

●칭호

- ●공왕룡(空王竜)
- ●천공의 패자
- ●신 살해자
- ●태양을 먹는 자
- ●달밤의 방랑자

etc

●스킬

- ●왕마의 파동
- ●몰락의 패광(覇光)
- ●은월의 축복
- ●햇빛의 찬탈
- ●때 이른 재의 극광
  (極光)

etc

기타

- ●신수
- ●왕마
- ●은월의 사신

이름 : 츠무긴
종족 : 아정령(亜精靈)
등급 : 없음

●능력치

LV : 10
HP : ???
MP : ???
STR : 20
VIT : 14
DEX : 31
AGI : 120
INT : 81
LUC : 99

●전투용 장비

없음

●칭호

- ●지켜보는 자
- ●요정의 벗
- ●식물의 벗
- ●안식을 자아내는 자

●스킬

- ●모두 친구
- ●건강해져라

기타

- ●의식 공유체

이름 : **바람의 허상(슈니)**
종족 : 도플갱어
등급 : 없음

●**능력치**

LV : 666
HP : 5786
MP : 6087
STR : 532
VIT : 528
DEX : 564
AGI : 565
INT : 529
LUC : 0

●**전투용 장비**

없음

●**칭호**

●일그러진 투영체
●바람을 떨구는 그림자

●**스킬**

●스킬 카피

기타

●슈니 라이자의 투영체

이름 : **아듀트로포스**
종족 : 사신(邪神)
등급 : 없음

●능력치

LV : 703
HP : ????
MP : ????
STR : 704
VIT : 522
DEX : 741
AGI : 611
INT : 800
LUC : 0

●전투용 장비

없음

●칭호

● 광신
● 바람을 왜곡하는 자
● 바람에 왜곡된 자
● 한탄의 수집가
● 허상을 만드는 자
etc

●스킬

● 한탄의 광성(狂聲)
● 유혹의 노래
● 광기의 독수(毒手)
● 부동의 마시(魔視)

기타

● 타락한 신

◆ 당신은 언제나 옳습니다. 그대의 삶을 응원합니다. — 라의눈 출판그룹

더 뉴 게이트 12

초판 1쇄 2019년 5월 27일

지은이 카자나미 시노기 일러스트 晩杯あきら 옮긴이 김진환
펴낸이 설응도 편집주간 안은주
영업책임 민경업 디자인책임 조은교

출판등록 2014년 1월 13일(제2014-000011호)
주소 서울시 강남구 테헤란로78길 14-12(대치동) 동영빌딩 4층
전화 02-466-1283 팩스 02-466-1301

문의(e-mail)
편집 editor@eyeofra.co.kr 마케팅 marketing@eyeofra.co.kr
경영지원 management@eyeofra.co.kr

ISBN 979-11-89881-07-8 04830
      979-11-963499-0-5 04830(set)